같은 소재도
전혀 다른 이야기가 되는
글쓰기 매뉴얼

「같은 소재」도 전혀 다른 이야기가 되는 글쓰기 매뉴얼

마루야마 무쿠 지음 | **송경원** 옮김

지금이책

프롤로그

오래 기다리셨습니다. 드디어 '스토리텔링' 시리즈의 세 번째 책 《같은 소재도 전혀 다른 이야기가 되는 글쓰기 매뉴얼》을 독자 여러분께 선보일 수 있게 되어 기쁩니다.

요리책에 빗대어 말하자면, 앞서 소개한 저의 스토리텔링 3부작 중 제1권인 《스토리텔링 7단계》가 '생선 손질법'이라든가 '국물 내는 법'과 같이 기본적인 요리법을 설명한 책이라면, 제2권 《대중을 사로잡는 장르별 플롯》은 '카레'나 '된장국'처럼 친근하고 익숙하며 누구나 좋아하는 음식의 레시피를 소개한 책이었습니다.

이 두 권에 이어 이번 책에서는 드디어 본격적으로 플롯을 다양하게 변주하여 새로운 이야기를 만들어내는 법에 관해 소개하고자 합니다.

《대중을 사로잡는 장르별 플롯》에서도 말했지만, 카레를 만드는 방법을 기본적으로 익히고 나면, 소스를 바꾸어 화이트 스튜나 비프 스튜를 만든다든지, 재료에 변화를 주어 치킨 카레나 소고기 카레를 만들 수 있는 등 얼마든지 변주가 가능합니다.

이 책에서는 이러한 변주에서 더 나아가 조리법을 바꾸어 국물이 없는 카레를 만들거나, 향신료를 활용해 카레의 풍미를 더해줄 드레싱을 만드는 등 여러분만의 다채로운 레시피 개발법을 배워볼 것입니다.

이번에는 일본의 대표적인 전래동화 《모모타로桃太郎》를 주 교재로 사용할 것입니다. 일본인이라면 누구나 어릴 때부터 듣고 자라는 옛날이야기지요. 모모타로 이야기의 등장인물과 뼈대(=스토리라인)는 그대로 두고 몇몇 구성 요소에 변화를 주었을 때, 이야기의 분위기가 어떻게 바뀌고, 독자가 받는 인상은 어떻게 달라지는지 실습을 통해 여러분과 함께 체험해보도록 하겠습니다.

여러분이 가장 쓰고 싶은 이야기를 쓰는 데 이 책이 조금이라도 도움이 된다면 저자로서 더 없는 보람이겠습니다.

차례

RECIPE 5
캐릭터에 변화를 주어 다양하게 변주해본다

글을 쓰고 싶은데
왜 쓰지 못할까

"글을 정말 써보고 싶은데 잘 안 되네요."

글쓰기를 막 시작한 초보자들만 이런 고민을 하는 건 아닙니다. 데뷔하고 나름대로 경력을 쌓아온 작가에게도 종종 이런 순간이 찾아옵니다.

글쓰기를 가르치는 저 또한 한 줄도 쓰지 못한 채 몇 시간이나 모니터 앞에 멍하게 앉아 있었던 경험이 숱하게 많습니다.

이렇게 허비하는 시간을 어떻게 해야 줄이거나 없앨 수 있을까요?

답을 말하기에 앞서 우선 그 원인을 찾는 것에서부터 시작해보겠습니다.

글을 쓰지 못하는 세 가지 이유

'글을 쓰지 못하는' 이유에는 크게 세 가지 경우가 있습니다.

　A 무엇을 써야 할지 모르겠다
　B 어떻게 써야 할지 모르겠다
　C 글 쓸 의욕이 생기지 않는다

　이 가운데 C의 '글 쓸 의욕이 생기지 않는다'와 같은 경우는 대개 A, B 중 하나, 혹은 양쪽 다 해결되면 자연스럽게 사라집니다. 그럼에도 해결이 잘 안 된다 하는 분들도 있을 테니 이에 대한 적절한 대응책은 이 책의 마지막 장 〈스페셜 레시피〉에서 좀 더 자세히 살펴보기로 하고, 여기서는 일단 생략하겠습니다.

　그러면 먼저 A의 무엇을 써야 할지 모르겠다는 경우에 대해 살펴보겠습니다. 이 경우는 예를 들자면 저녁을 먹어야 하는데 무얼 먹어야 할지 메뉴를 정하지 못한 상태라고 할 수 있습니다.

　카레면 카레, 생선구이면 생선구이로 일단 메뉴를 정하고 나면 어떤 재료가 필요한지, 어디에다가 음식을 만들어야 하는지, 또 어떻게 조리를 하면 되는지가 머릿속에 금세 떠오르겠지요?

메뉴를 정하기는 했는데 어떻게 만드는지 모르겠다, 바로 이 상황이 B의 어떻게 써야 할지 모르겠다에 해당합니다. 그런 분들은 이 부분은 건너뛰고 다음 장부터 읽어도 좋습니다.

다시 하던 이야기로 돌아가겠습니다.

무엇을 써야 할지 모르는 경우를 이런 상황에 빗대어 생각해보겠습니다.

"오늘 저녁에는 뭘 먹지?"

누구나 흔히 하는 고민이지요. 이럴 때 여러분은 어떻게 메뉴를 정하나요?

"냉장고 안을 살펴보고 남아 있는 재료로 만들 수 있는 요리를 생각해봅니다."

"일단 슈퍼마켓에 가서 눈에 들어온 재료가 있으면 그것에 맞춰 메뉴를 정해요."

"'지금 뭘 먹고 싶어?' 하고 나 자신에게 물어보고 결정할 때가 많아요."

그렇군요. 지금 여러분이 이야기한 방법으로도 저녁 식사 메뉴를 정할 수 있겠습니다. 이야기를 만들 때도 마찬가지입니다.

먼저 냉장고 안을 살펴보고 남아 있는 재료(=수중에 있는 소재)로 만들 수 있는 요리를 생각해본다는 방법에 대해 살펴보겠습니다.

여기서 '냉장고 안'을 '내 머릿속이다'라고 상상해보면 됩니다. 지금까지 여러분이 재미있게 봤던 책이나 영화에서 기억에 남는 명장면, 명대사가 그것입니다. 뿐만 아니라 머릿속에 문득 떠오른 장면이나 아이디어들처럼 비록 단편적일지라도 여러분의 머릿속에는 이미 많은 이야깃거리, 즉 '소재'가 잠들어 있습니다.

우선 그런 것들을 눈에 보이는 형태로 만드는 작업부터 시작해봅시다.

종이든 컴퓨터든 모바일이든 어디에든 간에 그런 단편적인 이미지를 글로 써볼 필요가 있습니다.

지금까지 글쓰기 강의를 하면서 만난 많은 분들로부터 알게 된 사실이 하나 있습니다.

"잘 써지지 않아요."

"한 줄도 못 쓰겠어요."

이런 말을 하는 사람일수록 아웃풋을 귀찮아하는 경향이 있는 것 같았습니다.

'굳이 어디다 뭘 적어둘 필요가 있을까, 아직 구체적으로

뭐가 정리된 것도 아닌데……. 머릿속에서 좀 더 고민해보고 나서 써봐야지.'

가령 이렇게 생각하는 사람이 있을지도 모릅니다.

"그러면 그 머릿속에 있는 것을 입 밖으로 내어 말로 설명해보겠어요?"

제가 이렇게 물어봤을 때 사람들의 반응은 거의 비슷했습니다.

"어……. 그게, 그러니까……."

대개는 이렇게 말문이 막히고 맙니다. 그렇다고 해도 그리 창피해할 일은 아닙니다.

'머릿속에 담아두고 생각만 하고 있을 때에는 틀림없이 거창한 이야기였는데, 말로 해보려니 한 문장 완성하기도 힘드네', 혹은 '꽤 근사한 아이디어라고 생각했는데 막상 글로 써보니 생각보다 재미없네' 이런 생각들이 들지요.

이런 일은 프로 작가들도 종종 겪는 일입니다.

그러므로 현재 자신이 어떤 상태인지를 정확히 파악하려면, 자기가 가지고 있는 재료를 반드시 실제로 글로 풀어내봐야 합니다. 이 단계에서 발동이 걸려 아이디어가 줄줄이 사탕처럼 딸려 나오면 그야말로 행운인 것이죠. 그런 분들이라면 이 책은 잠시 옆에 밀어두고 자신의 작품에 즉시 몰입

하셔도 좋습니다.

그러면 이제 연습을 한번 해볼까요?

시간을 조금 드리겠습니다. 지금 여러분이 머릿속에 막연히 떠올리고 있는 '이런 이야기, 이런 설정, 이런 캐릭터를 써보고 싶다' 하는 것을 지금 쓸 수 있는 대로 다 써주시기 바랍니다. 메모 정도의 간단한 수준이어도 상관없습니다. 단편적인 것은 단편적인 대로 두고 무리하게 이어가려고 하지 말고 써보십시오.

아시겠지요? 자, 준비, 시작!

······다 쓰셨나요?

네, 수고하셨습니다.

그러면 여러분이 쓴 것을 한번 살펴보겠습니다.

[예시] 범인은 A라고 의심 들게 만들지만, 실제 범인은 B, C, D가 한패이다.

좋습니다. 이것은 추리소설에 쓰일 만한 소재로 보이네요.

"맞아요. 어느 저택에 수상쩍은 남녀 여럿이 모였다가 한 사람씩 차례로 죽임을 당하는데, 범인이 누구인지는 모른다. 그런데 여러 정황으로 미루어볼 때 살인자는 반드시 이들 가운데 있다……. 이런 이야기를 쓰고 싶어서요. 하지만 왜 이들이 한날 한꺼번에 저택에 모였는지, 어떤 식으로 살해당하는지, 그런 세세한 부분을 하나도 정하지 못해서 고민하고 있어요."

알겠습니다. 이 이야기의 경우, 주인공은 범인을 찾는 사람인가요? 아니면 범인 쪽, 즉 B, C, D 중 한 사람인가요?

"아니요. B, C, D 중 한 사람은 아니에요. 때마침 그 저택을 방문했던 관계자 외의 누군가를 주인공으로 설정하려고요. 그 인물의 눈앞에서 사건이 일어난다는 식으로 풀어나가면 재미있을 것 같아서요."

그렇다면 범인을 찾아내는 쪽이란 말인가요?

"뭐랄까, 꼭 그 사람이 본격적인 탐정 역할을 하는 건 아니에요. 범인을 밝혀내는 데 그다지 적극적이지는 않아요. 우연히 찾아간 곳에서 때마침 사건이 일어났고, 어쩌다 보니 그것을 목격하고 말았다, 그런 식으로요."

그렇다면 이 이야기를 문장으로 정리해서 써보면 다음과 같이 되겠네요.

어느 저택을 방문한 주인공이 때마침 살인사건을 목격한다. 처음에는 A가 범인이라고 생각했지만, 실제로는 B, C, D 전원이 한패였음을 알게 된다.

이런 느낌인가요?
"네, 맞아요. 그런 식으로 진행될 것 같네요."
알겠습니다. 그러면 이 문장에 살을 조금 더 붙여봅시다.
다음의 각 항목을 생각해본 다음에 추가해보시기 바랍니다.

1. 어느 시대, 어느 장소를 무대로 한 이야기인가?

예를 들어, 시대를 '과거'로 설정한다 해도, 과거라는 시제가 석기시대부터 '바로 조금 전'까지 그 시간 폭이 매우 넓습니다. 그러다 보니 구체적인 이미지를 떠올리는 게 쉽지 않습니다. '유럽의 중세 시대'만 해도 일반적으로는 5세기부터 15세기까지 1,000년에 이르는 기간을 가리키고, 일본에서도 '에도 시대(1603~1868)'는 265년간이나 이어졌습니다.

역사소설을 쓰는 경우가 아니라면 서력이나 연호까지 세세하게 설정할 필요는 없겠지만, 현재와 긴밀하게 연결되는 과거를 무대로 한다면 적어도 '다이쇼 시대(1912~1926)'라든가 '1900년대'와 같은 정도까지는 시대 범위를 좁혀줘야 세세한 부분까지 이미지를 쉽게 떠올릴 수 있습니다.

이야기의 무대가 되는 장소의 경우, [예시]에서는 '어느 저택'이라고 했는데, 이것이 헤이안 시대(794~1185) 교토의 지체 높은 귀족 저택인지, 루이 14세 때의 베르사유 궁전인지, 혹은 먼 미래 화성의 돔 도시에 세워진 저택인지에 따라 이야기의 분위기는 완전히 달라질 것입니다.

2. 주인공은 어떤 인물인가?

지금 단계에서는 주인공 캐릭터가 '저택을 때마침 방문했던 누군가'일 뿐이고, 나이도 성별도 직업도 정해지지 않은 상태로군요. 1에서 설명한 '언제·어디서'와 마찬가지로 이것 역시 설정에 따라서 이야기의 분위기는 사뭇 달라집니다.

예를 들어, 이 이야기에서 저택을 때마침 방문한 주인공이 초등학교에 막 입학한 여자아이냐, 젊은 시절 민완 형사로 이름을 날린 60대 남성이냐에 따라 범인의 반응도 백팔십도 다르게 나타날 것입니다. 혹은 스무 살 안팎의 미녀로 하느냐, 차마 눈 뜨고 볼 수 없는 추악한 얼굴을 한 노파로 하느냐, 서글서글한 인상의 호감형 청년으로 하느냐, 고약하고 괴팍한 옹고집 노인으로 하느냐에 따라서도 전개는 확연히 달라질 것입니다.

3. 주인공이 무엇을 하는 이야기인가?

이 항목에 대해서는 이미 '주인공이 우연히 방문했던 저택에서 때마침 살인사건을 목격하고, 최종적으로 범인을 알게 된다'는 이야기임을 알고 있습니다. 즉 작품 속에서 주인공이 하는 일은 '살인사건을 목격한다', '범인을 알게 된다', 크게 이 두 가지입니다.

이 중 전자의 '살인사건을 목격한다'는 크게 문제가 될 것이 없지만, 후자의 '범인을 알게 된다'에 대해서는 앞으로 '왜'와 '어떻게'의 항목을 참고해 조금 더 보강해나가시기 바랍니다.

4. 주인공은 왜 그러한 행동을 하는가?

이 이야기에서 주인공은 범인을 밝혀내는 데 그다지 적극적이지 않다고 했습니다. 그렇다고 해도 자신이 찾아간 저택에서 살인사건이 일어난다면 어떨까요? 보통의 경우라면 '누가 죽였을까?', '왜 여기서 이런 일이 일어났을까?' 하고 의문을 품게 되었을 것입니다. 또 상황에 따라서는 '나도 죽을지 몰라'라는 위기감을 품을 수도 있습니다.

그럼에도 불구하고 적극적으로 범인을 찾아내려고 하지 않는다면, 거기에는 그에 상응하는 이유가 필요해집니다. 예를 들자면 이런 것입니다. 이 저택에는 탐정 역할을 맡은 다른 등장인물이 있고 주인공은 그 인물의 '왓슨'*과 같은 역할이라든가, 혹은 저택에 모인 모든 사람들이 처음에는 살인이 아니라 사고사라고 생각하고 있었다 등을 이유로 들 수 있을 것입니다.

5. 주인공은 어떻게 행동하는가?

이 이야기에서는 최종적으로 'B, C, D 전원이 한패였다' 라는 사실을 알게 되지만, 지금 단계에서는 어떻게 주인공이 그 사실에 도달하게 되었는가 하는 부분이 쏙 빠져 있습니다. 적극적으로 범인을 찾아내려고 하지 않더라도 어떤 사건을 목격하거나, 누군가에게 이야기를 듣거나 해서 진범을 밝혀내는 데 이르게 되는 셈인데 그 과정, 말하자면 주인공이 목격한 사건이 무엇이며 누구의 이야기를 듣고 힌트를 얻었는가 등을 생각해보면 이 이야기를 완성해나갈 수 있을 것입니다.

지금까지 냉장고 안을 살펴보고 남아 있는 재료(=수중에 있는 소재)로 만들 수 있는 요리를 생각해본다는 방법을 순서대로 예

---

* 《셜록 홈스》의 등장인물. 주인공 셜록의 친구이자 조력자다. 이 작품 이후로 '왓슨'은 탐정의 조력자 역할을 의미하는 일반명사로 쓰인다.

를 들어 설명했습니다.

여기까지 설명한 순서를 정리하면 다음과 같습니다.

1 현재 시점에서 자신의 머릿속에 있는 '이런 느낌의 이야기를 써보고 싶다'라고 막연히 생각하는 이미지, 인물, 대사, 장면, 스토리의 단편斷片 등을 모두 글로 적어본다.

2 위의 항목을 바탕으로 1에서 쓴 단편적 스토리에 살을 붙여나간다.

(가) 이야기의 무대='언제(시대)'·'어디서(장소)'는?

(나) 주인공의 나이·직업·성별은?

(다) 주인공이 무엇을 하는 이야기인가?

(라) 주인공은 왜 그러한 행동을 하는가?

(마) 주인공은 어떻게 행동하는가?

여기서는 이 방법을 간략하게 살펴보았습니다만, 앞서 출간한 《스토리텔링 7단계》의 프롤로그에서 조금 더 상세하게 설명했습니다. 흥미가 있는 사람은 그 책을 참고해주시기 바랍니다.

그러면 이어서 일단 슈퍼마켓에 가서 눈에 들어온 재료가 있으면 그것에 맞춰 메뉴를 정한다는 방법에 대해 살펴보겠습니다.

여기서 말하는 '슈퍼마켓'이란 서점이나 도서관, 영화관 등 외부에서 이야기를 접할 수 있는 장소를 말합니다. 딱히 먹고 싶은 생각이 없더라도 슈퍼마켓의 반찬 코너를 구경하거나 갓 구운 빵 냄새가 솔솔 나는 빵집 앞을 지나가다 보면 절로 식욕이 솟기도 합니다. 이와 마찬가지입니다.

기분전환을 겸해 대형 서점이나 도서관 안을 어슬렁거리며 돌아다녀 보는 겁니다. 혹은 인터넷 서점에서 여러분에게 추천하는 책이나 만화를 읽어보는 것도 좋습니다. 이처럼 외부의 자극을 받게 되면 '이런 이야기를 쓰고 싶다'고 하는 의욕에 불이 붙는 경우가 있습니다. 이런 의욕이 사그라지기 전에 '어떤 이야기를 쓰고 싶은가' 하는 것들을 재빨리 메모해둡니다. 단편적으로 떠오른 장면이나 대사가 있다면 그것도 기록해두십시오.

그대로 글쓰기에 착수할 수 있을 것 같으면 의욕이 있는 동안 쓸 수 있는 데까지 써내려가면 되고, 도중에 막히면 다시 외부의 자극을 받아들이는 작업으로 돌아가면 됩니다.

"혹시 질문 하나 해도 될까요?"

그럼요. 어떤 질문인가요?

"전 기분전환 겸 다른 작가의 작품을 읽다 보면 읽는 재미에 푹 빠져 책에서 손을 떼지 못하거나 그러다가 이 책 저 책

닥치는 대로 읽기만 할 때도 있고, '죽었다 깨도 나는 이런 대작을 못 쓸 거야!'라며 도리어 나와 비교되는 마음에 위축돼 결국 아무것도 못 쓰게 될 때가 종종 있습니다. 어떻게 하면 좋을까요?"

그렇군요. 사실 이런 일은 작가라면 누구나 한 번쯤은 겪습니다.

하지만 아웃풋(=결과물)이 잘 나오지 않는 것은 인풋(=재료)이 충분하지 않기 때문인 경우가 많습니다. 비유해보자면 며칠씩 단식한 다음에 무리하게 운동하려고 하는 것이나 마찬가지입니다. 요컨대 마음의 연료가 바닥난 상태인 셈인데, 그럴 때 억지로 무언가를 쓰려고 해본들 그 자체가 고역일 테고, 지속적으로 쓸 수 있을 리도 없습니다.

만약 이런 상태라면 당분간은 오로지 인풋에만 집중해보십시오. 다른 사람의 작품을 읽어가는 사이에 '아, 이런 작품을 나도 써보고 싶다' 하는 마음이 생겨난다면, 그때가 바로 펜을 들고 글을 쓰기 시작할 때입니다.

마지막으로 '지금 뭘 먹고 싶어(=뭘 쓰고 싶어)?' 하고 스스로에게 물어본다는 방법에 관해 설명하겠습니다.

이 경우, 요령은 반드시 메뉴 이름을 명확하게 해주어야 한다는 것입니다.

"뭔가 맛있는 게 먹고 싶어."

이것만으로는 무엇을 만들어야 할지 알 수 없습니다.

똑같은 질문에 "된장국이 먹고 싶어", "카레라이스가 좋겠어"라고 꼭 집어 대답한 경우라면 무엇을 먹고 싶은지가 명확해집니다.

글을 쓸 때도 마찬가지입니다.

"뭔가 재미있는 이야기를 쓰고 싶어."

이것만으로는 무엇을 써야 할지 알 수 없습니다.

"《로미오와 줄리엣》 같은 비극적인 이야기를 쓰고 싶어."

"《셜록 홈스》 같은 추리물이 좋겠어."

이런 대답이라면 명확하지요.

"그런데 애초에 그런 작품들이 쉽게 머릿속에 떠오르지 않는다는 게 문제인 건데요."

그런 분들은 앞에서 살펴본 일단 슈퍼마켓에 가서 눈에 들어온 재료가 있으면 그것에 맞춰 메뉴를 정한다는 방법을 시도해보거나 지금까지 본 책이나 영화, 만화, 드라마 가운데 가장 기억에 남았던 작품을 리스트로 만들어 마음속에 잠들어 있는 창작의 불씨에 불을 댕겨보시기 바랍니다.

마음에 들었던 작품을 리스트로 만드는 방법은 《스토리텔링 7단계》의 〈나만의 기폭제 찾기〉 장에서 상세하게 설명했습니다. 리스트를 만들고 보고 싶은 분들은 꼭 한번 참고해 보시기를 권합니다.

그러면 다음 장에서는 B의 어떻게 써야 할지 모르겠다는 경우에 대해 살펴보기로 하겠습니다.

《스토리텔링 7단계》
(토트, 2015)

어떻게 써야 할지
모를 때를 위한 처방전

'어떤 이야기를 쓸지는 정했는데, 어떻게 써야 할지 모르겠다…….' 이 장에서는 이런 경우에 해당하는 사례를 살펴보고 어떤 해결책이 있는지 알아보겠습니다.

당신의 '모른다'는 어떤 유형?

한마디로 '어떻게 써야 할지 모르겠다'고 해도 그 사정은 사람마다 다를 것입니다.

그러면 여기서 잠깐 여러분의 이야기를 들어보겠습니다.

A씨 "첫 시작을 어떻게 하면 좋을지 모르겠어요. 예를 들어, 지금 쓰고 싶은 이야기는 로맨스물인데요. 첫 장면에서부터

우연히 두 남녀가 만나게 하는 편이 좋을지, 아니면 이미 사귀는 사이인데 둘 사이가 어딘가 위태로워 보이는 장면으로 시작하는 게 좋을지 판단이 안 섭니다. 처음부터 막히는 바람에 아무런 진척을 보지 못하고 있어요."

B씨 "저 같은 경우에는 매번 중간까지는 제법 괜찮은 느낌으로 써나갑니다. 그런데 도중에 소재가 고갈된다고 할까요. 글을 써나가다 도중에 막히면 그다음부터는 무엇을 써야 할지 막막해 중단되는 일이 많습니다."

C씨 "한창 잘 써나가다가 잘 모르는 분야가 나오면 그때부터 글이 막혀요. 예를 들어, 추리소설을 쓰고 있는데 범인이 독살하는 장면이 있어요. 그럴 때 저는 일반 사람들이 평생 가도 거의 만져볼 수 없는 독약 같은 걸 설명하고 싶은데, 그런 것에 대해 제가 경험이나 정보가 없다 보니 거기서 이야기가 딱 멈춰버리고 말아요. 제가 잘 모르는 것에 대해서는 어떻게 써야 할지 모르겠어요."

네, 여러분의 이야기 잘 들었습니다. A씨는 이야기의 첫 시작을, B씨와 C씨는 써나가는 도중에 어떻게 써야 할지 모르겠다는 말이지요? 그러면 순서대로 살펴보기로 하겠습니다.

처음을 어떻게 시작하면 좋을지 모르겠다

먼저 A씨의 사례입니다. 쓰고 싶은 이야기는 로맨스물로 정해졌는데, 처음을 어떻게 시작하면 좋을지 모르겠다고 했습니다. 그러면 조금 더 자세한 이야기를 들어보겠습니다.

한마디로 로맨스물을 쓰고 싶다는 말인데, 이것만으로는 너무 막연합니다. 요리에 비유하자면 그저 막연히 '수프를 만들어야겠다'라고만 생각하며 수프용 그릇만 꺼내둔 상태인 겁니다. 어떤 재료를 사용하고(=어떤 인물을 등장시키고), 어떤 맛으로 할 것인가(=어떤 분위기, 어떤 스토리로 할 것인가)를 조금 더 명확히 해보겠습니다.

A씨, 어떤가요? 이런 부분은 이미 정해졌나요?

"네. 일단 현대 일본이 배경이고, 서서히 결혼에 대한 마음이 생기는 서른 살가량의 여성이 주인공입니다. 지금 사귀고 있는 남자친구와는 사이가 그다지 좋은 편은 아닌데, 그렇다고 해서 남자친구와 헤어지고 다른 사람을 만나 다시 시작할 수 있을지 두려운, 뭐 그런 주인공의 이야기를 쓰고 싶어요."

좋습니다. 그리고 그런 다음에는요?

"그다음은…… 그러니까, 지금 사귀는 남자친구와 결혼하지만, 역시 결혼 생활이 순탄하지만은 않다는 쪽으로 진행해

가야 할지, 아니면 우연히 만난 사람과 새로운 사랑에 빠지고 결국 그 사람과 결혼에 골인한다는 쪽으로 이야기를 끌고 가야 할지 고민입니다. 아, 그런데 이런 게 바로 편의주의일까요?"

글쎄요. 여기서 '편의주의'라고 언급한 건 작가가 개연성 없이 자기 편할 대로 이야기를 전개한다는 걸 지적한 말이지요? 이에 대해서는 이야기의 전체적인 흐름이 정해져야 알 수 있는 문제이므로, 지금은 그렇다 아니다, 라고 말할 단계는 아닌 것 같습니다. 자, 그렇다면 이 이야기는 결국 어떤 방식으로 결말을 맺나요?

"음……. 이것 역시 막연하지만, 여자 주인공이 결국 행복해지는 것으로 결말을 맺고 싶어요. 그렇다고 해서 결혼해서 오래오래 행복하게 살았습니다, 라는 식의 뻔한 방식과는 약간 다르게 결말을 내보려고요. 그리고 보니 거기까지는 미처 생각해두지 않았네요."

그렇군요. 그러면 지금까지의 이야기를 조금 정리해보겠습니다. 지금 시점에서 정해져 있는 것은 다음 세 가지 정도로군요.

◆ 무대는 현대 일본

◆ 주인공은 30세 전후의 여성

◆ 여자 주인공은 점점 더 결혼에 대한 생각이 많아지고 있는데, 현재 남자친구와의 관계가 그리 좋지 않다.

여기서 잠깐 앞으로 돌아가서 냉장고 안을 살펴보고 남아 있는 재료(=수중에 있는 소재)로 만들 수 있는 요리를 생각해본다의 순서를 봐주시기 바랍니다.

1 현재 시점에서 자기 머릿속에 있는 '이런 느낌의 이야기를 써보고 싶다'라고 막연히 생각하는 이미지, 인물, 대사, 장면, 스토리의 단편 등을 모두 글로 적어본다.

2 위의 항목을 바탕으로 1에서 쓴 단편적 스토리에 살을 붙여나간다.

(가) 이야기의 무대='언제(시대)'·'어디서(장소)'는?

(나) 주인공의 나이·직업·성별은?

(다) 주인공이 무엇을 하는 이야기인가?

(라) 주인공은 왜 그러한 행동을 하는가?

(마) 주인공은 어떻게 행동하는가?

A씨의 사례에서는 이 순서의 1은 이미 만들어져 있습니

다. 방금 앞에서 살펴본 세 가지가 여기에 해당합니다. 다시
정리해보면 다음과 같습니다.

◆ 무대는 현대 일본
◆ 주인공은 30세 전후의 여성
◆ 여자 주인공은 점점 더 결혼에 대한 생각이 많아지고 있
  는데, 현재 남자친구와의 관계가 그리 좋지 않다.

이어서 2의 살을 붙여나가는 부분을 살펴보겠습니다. (가)
의 이야기의 무대는 '현대의 일본', (나)의 주인공의 나이와
성별은 '30세 전후의 여성'으로 정해졌는데, 직업은 미정입
니다. (다), (라), (마)에 대해서는 아직 정해지지 않았다는 것
을 아시겠지요?

"그런데 '여자 주인공은 점점 더 결혼에 대한 생각이 많아
지고 있는데, 지금 사귀고 있는 남자친구와의 관계는 그다지
좋지 않은 상태이다'는 (다)에 해당하지 않나요?"

해당하지 않습니다. 왜냐하면 '여자 주인공은 점점 더 결
혼 생각이 많아진다'도 '현재 남자친구와의 관계가 그다지
좋지 않다'도 주인공의 현재, 즉 이야기가 본격적으로 펼쳐지기
전의 상황이기 때문입니다.

한편 (다)에서 반드시 정해야 하는 사항은 주인공이 '앞으로' 무엇을 하는 이야기인가 하는 것입니다. 따라서 여자 주인공의 현재의 상황은 (다)가 될 수 없습니다.

이와 같이 정리해보면, A씨는 현재 '어떻게 써야 할지 모르겠다'가 아니라 '무엇을 써야 할지 모르겠다'인 상태임을 알 수 있습니다.

그러므로 현재 단계에서는 아직 정해지지 않은 (다), (라), (마)를 메우기 위해 다시 한번 자신이 선호하는 상황을 리스트로 만들어보거나, 잠들어 있는 아이디어를 깨우기 위해 다른 사람의 작품을 읽어보면서 외부의 자극을 받아들여보는 것이 도움이 될 것입니다.

도중에 막히면 그다음부터 무엇을 써야 할지 모르겠다

이어서 B씨의 사례입니다. 매번 중간까지는 잘 써내려가다가 도중에 막히면 그다음부터는 무엇을 써야 할지 몰라서 중단된다는 말이었지요?

"맞아요. 예를 들어, 지금 제가 쓰고 있는 이야기는 《마지막 나라의 앨리스》*나 《다윈즈 게임》**과 같은 데스게임물***인데, 얼마 전부터 도중에 꽉 막혀버렸어요."

그렇군요. 조금 더 자세히 말해주시겠어요?

"음, 그러니까, 무대는 지금으로부터 그다지 멀지 않은 근미래의 일본이고, 주인공은 자신이 일하는 회사 데이터베이스에서 비공식 사이트로 보이는 홈페이지를 우연히 발견하게 됩니다. 거기에서는 사내 연수를 받을 참가자를 비밀리에 모집하고 있었는데, 참가자에게는 고액의 특별 보너스를 지급하게 되어 있습니다. 주인공은 돈 욕심에 참가 신청을 합니다. 하지만 막상 연수장에 도착해 보니 연수를 마치고 보너스를 받을 수 있는 사람은 가장 우수한 성적을 거둔 두 명뿐이고, 그 외 나머지 직원들은 엄청난 빚을 떠안게 되거나 자칫하다가는 죽거나 하는 위험한 페널티(제재)를 받는다는 사실을 알게 됩니다."

좋습니다. 무척 흥미롭네요. 그리고 그다음에는요?

"당황한 주인공은 거기서 그만두려 하는데, 연수장은 사막 한가운데 또는 바다 한가운데여서 그리 쉽게는 집으로 돌

---

* 아소 하로의 작품으로, 집에서도 학교에서도 겉도는 고등학생 아리스 료헤이가 마지막 나라라는 곳에 떨어진 후 매일 밤 목숨을 건 게임을 이어가는 이야기

** FLIPFLOPs가 2013년부터 〈소년 챔피언 코믹스〉에 연재 중인 만화로, 평범한 고교생 스도 카나메가 낯선 애플리케이션 '다윈즈 게임'을 실행시키면서 시작되는 이야기

*** 영화, 소설, 만화, 비디오게임 등 창작물의 한 장르로, 인간의 목숨이 걸린 게임을 소재로 독자나 게임 플레이어가 긴장감과 서스펜스를 동시에 맛볼 수 있게 하는 것이 특징이다.

아갈 수 없는 곳입니다. 결국 연수장에 모인 같은 회사의 직원들도 생명이나 재산을 걸고 게임을 합니다.

그리고 마지막에는 주인공이 최종 게임에서 승리하고 모든 것이 좋게 마무리되는 해피 엔딩으로 결말을 내고 싶어요. 그런데 거기까지에 이르는 과정에서 어떤 게임을 하고, 게임 중에 어떤 사건이 일어나는지 이런 부분에 대한 아이디어가 좀처럼 떠오르지 않습니다."

네, 잘 알겠습니다. 이야기의 윤곽은 잡혀 있지만, 정작 중요한 내용에 대해서는 아이디어가 없다, 현재 자신이 어떤 상황인지 정확하게 파악하고 있군요.

여기서 B씨에게 질문을 한 가지 하겠습니다. '데스게임물'에 절대적으로 필요한 요소는 무엇이라고 생각하나요?

마침 좋은 기회이므로, 이 책을 읽고 있는 독자들도 여기서 잠시 책을 덮고 자기 나름대로 생각해보시기 바랍니다.

어떤가요? 다 생각하셨나요?

자, 그러면 B씨의 대답을 들어볼까요?
"음……. 데스게임물이라는 타이틀이 붙을 정도이니까요. 작품 속에서 어떤 게임을 할 것인가, 이것이 아닐까요?"

맞습니다. 게임이 반드시 들어가야 하겠지요. 그러면 그 게임은 어떤 것이든 상관없나요?

"상관없다고 생각해요. 가위바위보든 주사위 던지기든 술래잡기든 뭐든요. 실제로 그런 게임을 소재로 한 데스게임물도 이미 나와 있으니까요. 아니면 제가 직접 게임을 고안하거나 격투기나 야구 같은 스포츠 경기도 좋을 것 같고요."

그렇군요. 그러면 작품 속에 어떤 것이든 게임이 등장하기만 하면 다 데스게임물로 볼 수 있나요?

"아니요. 그렇지는 않아요."

그렇다면 게임이 반드시 등장해야 한다는 것 외에도 필요한 조건이 있다는 말이네요?

"맞아요. 플레이어 혹은 참가자 간의 경쟁, 혹은 인간관계를 그려주는 것도 필요하다고 생각해요. 예를 들어, '내가 저 자식에게만큼은 꼭 이기고 말겠어'라든가 '저 자식을 내 손으로 꼭 무너뜨리고야 말겠어'라든가, 더 노골적으로는 '반드시 죽여버리겠어' 등등의 감정을 촉발해 갈등과 대립 구도를 보여주는 것이죠. 또 초반에는 사람들에게 인심 좋은 말들만 늘어놓다가, 게임에서 지면 자신이 죽을지도 모른다는 사실을 알게 되면서 어떤 비겁한 짓을 해서라도 상대를 짓밟아버리는 야비한 캐릭터가 등장한다든지요."

좋습니다. 데스게임물의 조건이 상당히 명확해졌네요. 그 밖에 또 뭔가 다른 조건은 없나요?

"질문에 대답하는 와중에 아이디어가 하나 떠올랐어요. 게임 자체는 가위바위보든 뭐든 상관없지만, 패배했을 경우에 주어지는 페널티가 전 재산을 잃는다거나 죽임을 당한다거나 하는 극도로 치명적인 것으로 설정해서, 플레이어가 '결코 질 수 없다'고 각오를 다지게 만들 필요가 있다고 생각했습니다."

네, 좋습니다. 그 밖에도 세세한 조건이 있을 수 있지만, 일단 지금까지 나온 조건을 정리해보자면 다음과 같습니다.

◆ 게임이 등장할 것
◆ 플레이어 간에 '그 자식을 내 손으로 꼭 무너뜨릴거야', '죽여버리겠어' 등의 감정이 발생할 것
◆ 살아남기 위해서라면 어떤 비겁한 수라도 쓰는 캐릭터가 존재할 것
◆ 게임에 패했을 경우 주어지는 페널티가 치명적일 것

이 네 가지는 여러분이 데스게임물을 쓸 때 최소한으로 포함해야 할 내용입니다. 달리 말하자면 이 네 가지 조건을 만

족시키기만 하면 최소한 데스게임물은 쓸 수 있다는 뜻입니다. 그러면 어떻게 하면 이 조건을 만족시킬 수 있을까요?

B씨가 데스게임물의 조건으로 첫 번째로 꼽은 것은,

◆ 게임이 등장할 것

이었습니다.

자, 그러면 B씨. B씨가 알고 있는 게임을 생각나는 대로 써주십시오. 적어도 50개, 가능하면 100개 정도는 써주시기 바랍니다.

"야구 등의 스포츠나 격투기를 넣어도 되나요?"

상관없습니다. 그 외에도 '게임'이라는 이름이 붙은 것이라면 뭐든 좋습니다.

이 책을 읽고 있는 독자 여러분도 여기서 잠깐 책을 덮고 생각해보시기 바랍니다.

아시겠지요? 그럼, 준비, 시작!

……다 쓰셨나요?

아이디어 100

- 술래잡기
- 달무티
- 세븐카드
- 포커
- 블랙잭
- 바카라
- 훌라
- 휘스트
- 아메리칸 페이지 원
- 스파이더 솔리테어
- 지뢰찾기
- 룰렛
- 슬롯머신
- 당구
- 빙고
- 화투
- 던전 앤 드래곤
- 위저드리
- 스페이스 인베이더
- 스타크래프트
- 블록깨기
- 레이싱 게임
- 의자뺏기 게임
- 수건돌리기
- 가위바위보
- 참참참
- 실뜨기
- 경찰 도둑 게임
- 숨바꼭질
- 깡통차기
- 꼬리잡기
- 인생 게임
- 쥬만지
- 모노폴리
- 오목
- 바둑
- 장기
- 동물장기
- 주사위 던지기
- 마작
- 체스
- 백개먼
- 하노이의 탑
- 탈출 게임
- 퍼즐
- 오셀로
- 스도쿠
- 기억력 게임

- 십자낱말풀이
- 틀린그림찾기
- 테트리스
- 팩맨
- 제비우스
- 마리오 파티
- 드래곤 퀘스트
- 파이널 판타지
- 도둑잡기
- 보물찾기
- 임금님 게임
- 마피아 게임
- 소수결 게임
- 젠가
- 눈싸움
- 팔씨름
- 엄지씨름
- 낱말 퀴즈
- 끝말잇기
- 스무고개
- 수수께끼 풀이
- 수박 깨기
- 테니스
- 축구
- 야구
- 배구
- 풋볼
- 럭비
- 펜싱
- 장애물 경주
- 마라톤
- 릴레이 경주
- 포환던지기
- 경마
- 조정
- 복싱
- 레슬링
- 유도
- 농구
- 골프
- 수중 배구
- 수중 발레
- 피구
- 핸드볼
- 사이클
- 탁구
- 땅따먹기
- 기마전
- 박 터뜨리기
- 콩주머니 넣기
- 단체줄넘기
- 2인 3각 경주

그러면 B씨의 노트를 같이 한번 보겠습니다.

네, 수고하셨습니다. 딱 100개를 채워주셨네요.
어떠셨나요? 이 리스트 중에 지금 쓰고 있는 데스게임물
의 소재로 사용할 만한 게임이 있었나요?
"네! 리스트를 만들어가는 사이에 '아, 이거라면 재미있을
것 같다'라고 생각한 게임이 몇 개 있었어요."
그것 잘됐군요. 그러면 나머지 조건에 대해서도 조금 더
살펴보겠습니다.

◆ 플레이어 간에 '그 자식을 내 손으로 꼭 무너뜨릴거야',
   '죽여버리겠어' 등의 감정이 발생할 것
◆ 살아남기 위해서라면 어떤 비겁한 수라도 쓰는 캐릭터
   가 존재할 것
◆ 게임에 패했을 경우 주어지는 페널티가 치명적일 것

이 세 가지 역시 마찬가지입니다.
'그 자식을 내 손으로 꼭 무너뜨릴거야', '죽여버리겠어'와
같은 감정은 어떤 때 생겨나는가?
살아남기 위해 쓰는 '비겁한 수'에는 어떤 것이 있는가?'

'치명적인 제재'에는 어떤 것이 있는가?'

이와 같이 질문을 만들어 50개에서 100개 정도의 대답을 적어나가다 보면 자연스럽게 머릿속에 아이디어가 떠오를 것입니다.

따라서 글을 써나가다 도중에 막히면 그다음에 무엇을 써야 할지 모르겠다, 또는 이야기의 윤곽은 잡혀 있지만, 정작 중요한 내용에 대해서는 아이디어가 없을 경우에는 다음의 작업 순서를 따라주시기 바랍니다.

> **1 해당 이야기에 반드시 필요한 조건이 무엇인가를 생각해본다.**
> **2 그 조건에 맞는 항목을 50~100개 정도의 리스트로 만들어본다.**

다소 지루한 작업이 될 수도 있습니다. 하지만 하얀 백지를 앞에 두고 '뭔가 좋은 아이디어가 없을까' 하고 고민하기보다는 확실하게 앞으로 전진할 수 있는 방법입니다.

또한 글을 쓰는 도중에 막혀 더는 진행되지 않는다거나 이야기의 윤곽도 제대로 잡혀 있지 않은 상황이라면, 이 작업

을 하기에 앞서 한 단계 앞으로 돌아가 이야기의 무대, 주인
공의 나이·직업·성별 등등 이야기에 살을 붙여나가기 위해
필요한 항목을 모두 메워보시기를 권합니다.

잘 모르는 것에 대해서는 어떻게 써야 할지 모르겠다

마지막으로 C씨의 사례입니다. 한창 잘 써나가다가 자신이
잘 모르는 것에 대해 써야 할 경우, 거기서부터 이야기가 중
단되어버린다는 고민이었습니다.

　사실 이 경우에는 뾰족한 수가 별로 없습니다. 솔직히 말
하자면 '모르는 것은 조사해보십시오'라고 말할 수밖에 없습
니다.

　"그렇겠네요."

　그 분야의 지식과 정보를 충분히 얻고 나서 글을 써야 하
는 것은 맞습니다. 다만 지금 제안드리는 한 가지는 꼭 시도
해보셨으면 합니다. 일단 잘 모르는 부분은 아는 데까지만 써두
고 나머지는 건너뜁니다. 그리고 다음으로 넘어가 계속 써나가는
것입니다.

　C씨 같은 경우는 추리소설을 쓰고 있던 중에 범인이 독약
을 사용하는 장면을 그려야 했는데, 그 독약 관련 지식이 없

다 보니 흐름이 막혀 글쓰기가 중단되었다고 했지요?

"맞아요. 구체적으로는 한겨울 어느 산장에서 협죽도*의 가지를 난로에 넣어 태우는 바람에 방 안에 있던 인물이 죽었다는 식으로 이야기를 만들고 싶어요. 그런데 어느 정도 양의 연기를 들이마셔야 사람이 죽는지, 그 후 그 방에 들어온 사람들은 왜 무사했는지 등 생각해야 할 것들이 끊임없이 나와서 그것을 해결하지 않고서는 도저히 그다음으로 넘어갈 수 없게 되어버렸습니다."

알겠습니다.

C씨뿐만 아니라 성실하고 꼼꼼한 성격의 작가일수록 무언가 하나라도 잘 모르는 것이 나오면 거기서 중단되어버리는 경우가 많습니다. 하지만 여기서 자기 스스로에게 이런 질문을 한번 해보시기 바랍니다.

그 지식이 없으면 쓸 수 없는 부분이 이야기 전체에서 큰 비중을 차지하는가?

C씨의 사례라면 한겨울 산장에서 누군가가 죽는다. 원인

---

* 대나무와 버드나무 잎처럼 생긴 높이 1.5~5m의 식물로 강력한 독성을 갖고 있어 조선시대에는 화살촉에 바르는 독이나 사약을 만드는 재료로 사용됐다고 한다.

은 난로에 협죽도를 넣어 태웠기 때문이다. 이것은 작품 속의 캐릭터들도 이미 알고 있는 사실이었나요? 아니면 '살인도구는 협죽도 가지였다'라는 점이 이 이야기의 가장 중요한 수수께끼를 푸는 열쇠인가요?

"아닙니다. 제가 쓰려는 이야기는 막대한 유산을 상속받은 지방 명문가의 후계자들이 가문의 제삿날 한 명씩 죽어간다는 내용인데요. 첫 번째 사람은 산장으로 오는 도중 교통사고로 죽었고 두 번째 사람은 협죽도 연기를 흡입해 죽었다는 식으로 진행해나갈 생각입니다. 피해자 전원의 사인은 결국 밝혀지지만 아직 범인이 누구인지 모른다, 말하자면 후더닛* 성격의 미스터리입니다."

그렇다는 말은 협죽도에 대한 상세한 지식이 없더라도 일단 마지막까지 쓰는 것은 가능하겠네요. 좀 더 덧붙이자면 두 번째 사람은 협죽도가 아니라 다른 무언가의 방법으로 살해당했다고 해도 이야기 전체 흐름에는 크게 영향이 없지 않을까요?

"그건 그래요."

---

* 일종의 서사 기법. 영어로는 Who has done it, 즉 '누기 그 일을 저질렀나'라는 의미다. 말 그대로 여러 용의자 중 범인이 누구인지를 추리해가는 과정을 집중적으로 다루는 탐정·추리 장르다.

그렇다면 일단 두 번째 인물은 협죽도로 살해당하도록 놔두고(웃음), 이야기를 대략 완성한 다음에 취재해도 늦지 않습니다. 결과적으로 취재할 시간을 만들지 못했거나, 취재해도 잘 이해가 되지 않아 살해 방법을 다른 것으로 바꾸더라도 이야기 전체를 망치게 될까 크게 걱정하지는 않아도 될 것 같습니다.

> 1 해당 부분이 이야기 전체에서 얼마나 중요한가를 따져본다.
> 2 중요한 부분이라면 가능한 한 면밀히 조사하고, 큰 비중을 차지하지 않는 내용이라면 일단 건너뛰어 이야기를 앞으로 진전시킨다.

따라서 잘 모르는 것에 대해 어떻게 써야 할지 모르는 경우에는 다음 두 가지를 잘 기억해뒀다가 시도해보십시오.

지금까지 C씨의 사례와 비슷한 고민을 하는 분들을 꽤 많이 만나왔습니다. 그중 상당수는 이야기 진행에 그다지 큰 영향이 없는 세세한 부분에서 막혀 다음으로 넘어가지 못했습니다.

글을 쓰다가 막혔을 때 막막한 기분으로 원고를 붙들고 있는 것도 심적으로 여간 힘든 일이 아닐 것입니다.

모르는 것은 나중에 조사하기로 하고 일단 이야기를 앞으로 진전시키거나, 혹은 다른 일을 하며 기분전환을 하는 등 스스로 생각과 감정을 잘 조절해가며 집필을 이어나가시기 바랍니다.

MEMO

다양하게
변주해본다

저의 스토리텔링 시리즈 제1권《스토리텔링 7단계》에서는 여러분이 쓰고 싶은 소재를 발전시켜 플롯을 짜는 방법을 다뤘다면, 제2권《대중을 사로잡는 장르별 플롯》에서는 장르별로 나타나는 전형적인 틀, 즉 템플릿을 사용해 플롯을 짜는 방법을 소개했습니다.

이 두 책에서는 "소재는 한 가지로 좁혀주십시오", "템플릿은 하나만 사용해주십시오"라고 여러분께 부탁해왔습니다. 소재를 중심에 두고 쓰든, 장르를 중심에 두고 쓰든 글쓰기 초보자인 여러분이 우선 이야기의 기본적인 구조를 제대로 익히기를 바랐기 때문입니다.

지금부터는 이야기가 '재미있느냐 그렇지 않으냐는 제쳐두고서라도 일단 플롯을 처음부터 끝까지 쓸 수 있게 되었다'는 분들을 위해 기본 플롯으로부터 다양한 변주를 이끌어내는 방법을 알아본 다음, 이어서 함께 실습을 해보도록 하겠습니다.

스토리라인이 같아도
무수한 변주는 가능하다

감자, 양파, 당근, 소고기 등의 재료를 카레 소스에 넣고 푹 끓여주면 비프카레가 됩니다. 마찬가지로 같은 재료를 데미 그라스 소스에 넣어 끓이면 비프스튜, 부용*에 넣어 끓이면 포토푀**가 완성됩니다. 혹은 같은 카레 소스에 소고기 대신 닭고기를 넣으면 비프카레는 치킨카레가 되고, 소스 자체를 토마토 베이스 소스로 바꾸고 닭고기를 넣고 졸이면 치킨 토마토소스 조림이 됩니다.

    이와 마찬가지로 스토리라인은 그대로 두고 구성 요소를 조금씩 바꿔주는 것만으로 얼마든지 다양한 형태로 플롯을 변주해나갈 수 있습니다.

    여기서부터는 이야기의 주요 구성 요소를 설명하고, 그 구

---

* 육류, 생선, 채소, 향신료 등을 함께 넣어 끓인 육수
** 프랑스식 소고기 스튜

성 요소에 변화를 주었을 때 플롯이 어떻게 바뀌는지 여러분과 실제로 익혀나가볼 것입니다.

이 책에서 다룰 구성 요소는 다음의 다섯 가지입니다.

① 시대와 장소
② 문체
③ 등장인물의 캐릭터
④ 장르
⑤ 시점

이번 장에서는 먼저 이야기의 무대가 되는 시대와 장소에 대해 다뤄보겠습니다. 그럼 시대와 장소에 변화를 주었을 때 플롯이 어떻게 달라지는지 함께 살펴보도록 합시다.

《대중을 사로잡는 장르별 플롯》
(지금이책, 2020)

시대와 장소

"고장이 바뀌면 풍습도 달라진다"라는 말이 있습니다. 말 그대로 지역에 따라 풍속, 습관, 언어 등도 다르다는 뜻인데, 나아가 같은 사물이나 현상도 문화가 다른 사회에서 보면 전혀 다르게 보인다는 뜻으로도 쓰입니다.

이야기에 대해서도 같은 말을 할 수 있습니다. 세상 사람 누구나 다 알고 있는 이야기일지라도 그 이야기의 배경을 다른 시대 다른 장소로 옮겨 또 다른 작품으로 재탄생시킨 작품들이 적지 않습니다. 그 작품을 통해 독자와 관객은 이전 작품에서와는 다른 색다른 경험을 하게 되고요.

자, 그러면 본론으로 돌아가겠습니다. 여러분, 일본의 옛날이야기 《모모타로》*는 알고 있지요? 대개는 이미 잘 알고 있으리라 생각하지만, 혹시 모르는 분을 위해 대략적인 줄거리를 소개하자면 다음과 같습니다.

◆ **강가에 떠내려온 복숭아에서 한 아이가 태어났다. 이를**

---

* 복숭아 속에서 태어난 남자아이 모모타로가 개, 원숭이, 꿩과 함께 나쁜 일을 일삼는 도깨비(요괴)가 사는 '오니가시마'라는 섬으로 떠나 도깨비를 무찌르고 집으로 돌아와 행복하게 산다는 일본의 설화다. 모모는 일본어로 복숭아라는 뜻이고, 타로는 일본에서 전통적으로 맏아들에게 붙여주는 이름이다.

발견한 노부부가 이 아이에게 모모타로라는 이름을 지어주었다.

◆ 성장한 모모타로는 도깨비를 물리치러 도깨비섬으로 가야겠다고 결심한다.

◆ 도깨비섬으로 향하는 모모타로는 개, 원숭이, 꿩에게 수수경단을 나눠주며 그들을 친구로 맞이한다.

◆ 모모타로 일행은 도깨비섬에 도착한다.

◆ 모모타로 일행은 도깨비를 물리치고 고향으로 돌아와 오래도록 행복하게 살았다.

먼저 이 모모타로 이야기의 시대와 장소를 바꿔보겠습니다.

옛날 옛날 어느 마을에……

이렇게 시작하는 모모타로 이야기의 시대적 배경은 '옛날 옛날', 공간적 배경은 '어느 마을'입니다.

이 막연한 '옛날 옛날'과 '어느 마을'을 다른 말로 바꾸면 이야기는 어떻게 달라질까요? 먼저 시대에 변화를 주어 이야기를 변주해봅시다.

[실습 1] 시대에 변화를 주어 다양하게 변주해본다

시대를 바꿔 모모타로 이야기를 변주해보는 것은 잠시 뒤로 미뤄두고, '시대' 하면 여러분 머릿속에 떠오르는 것들을 리스트로 만들어보기로 하겠습니다. 현재든 과거든 미래든 언제든 상관없으니 가능한 한 많은 예를 들어주십시오. 최소한 50개, 가능하면 100개를 써낼 수 있도록 열심히 생각해 주시기 바랍니다.

이 책을 읽고 있는 독자 여러분도 여기서 일단 책을 덮고 스스로 생각하는 시간을 가져보십시오. 머릿속으로 생각하기보다는 가능하면 노트에 적어보거나 컴퓨터나 스마트폰에 적어보셨으면 좋겠습니다.

준비되셨나요? 그럼, 시작!

······다 쓰셨습니까?

그러면 여러분이 적어낸 아이디어를 다 함께 살펴보기로 하겠습니다.

아이디어 100

- 고대
- 중세
- 근대
- 캄브리아기
- 빙하기
- 쥐라기
- 백악기
- 고생대
- 기원전
- 서기 1년
- 기원전 1세기
- 기원전 322년
- 8세기
- 10세기
- 14세기
- 신화시대
- 먼 미래
- 가까운 과거
- 가까운 미래
- 10년 후
- 20년 후
- 50년 후
- 100년 후
- 서기 2035년

- 1940년대
- 1970년대
- 밀레니엄 시대
- 1980년대
- 1616년
- 1492년
- 1751년
- 1333년
- ○○왕 시대
- 1990년대
- 고딕 시대
- 르네상스 시대
- 바로크 시대
- 로코코 시대
- 고전주의 시대
- 낭만주의 시대
- 제국주의 시대
- 성력星曆 2056년
- 카롤루스 대제 시대
- 아서왕 시대
- 구석기 시대
- 신석기 시대
- 청동기 시대
- 철기 시대

- 우먼리브* 시대
- 전시戰時
- 십자군 전쟁 당시
- 제1차 세계대전 당시
- 제2차 세계대전 당시
- 크리미아 전쟁 당시
- 미국 남북전쟁 당시
- 미국 대공황 시대
- 베트남 전쟁 당시
- 인도차이나 전쟁 당시
- 스페인 내전 당시
- 프랑스 혁명 시기
- 러시아 혁명 시기
- 68혁명 시기
- 문화대혁명 시기
- 중국의 춘추전국 시대
- 중국의 청나라 말기
- 일본의 헤이안 시대
- 일본의 쇼와 시대
- 한국의 고려 시대
- 한국의 조선 시대
- 프랑스의 부르봉 왕조 시대
- 영국의 빅토리아 시대
- 인류 탄생 이전
- 인류 멸망 이후
- 5분 후
- 서기 1만 년

- 대항해 시대
- 천지창조 시기
- 달에 식민지가 건설된 시기
- 전뇌**가 대중화한 시대
- 안드로이드***가 일상의 일부분이 된 시대
- 핵전쟁 이후 인류 문명이 파괴된 시대
- 공룡이 지구를 지배했던 시대
- 아라비안나이트의 시대
- 마법사가 흔하던 시기
- 내가 어렸을 때
- 내가 유치원생이었을 때
- 내가 초등학생이었을 때
- 내가 중학생이었을 때
- 내가 고등학생이었을 때
- 내가 대학생이었을 때
- 일주일 전
- 일주일 후
- 바로 조금 전
- 며칠 전
- 6년 전
- 할아버지가 어렸을 때
- 할머니가 젊었을 때
- 증손자가 노인이 되는 시기
- 할아버지가 돌아가신 날
- 여동생이 태어난 날

네, 수고하셨습니다. 꼭 100개를 채워주셨네요.

리스트를 보면 알겠지만, 한마디로 '시대'라고 해도 표현하는 방식은 실로 다양합니다. 그중에는 시대를 제시하는 것만으로 장소까지 특정할 수 있는 표현도 있음을 알 수 있을 것입니다.

"진시황 7년 때의 일이었습니다."

가령 이렇게 시작하는 이야기는 당연히 중국이 주요 무대가 됩니다.

"앤 여왕의 시대."

이 말을 들으면 저절로 머릿속에 영국이 떠오르겠지요.

"마리 앙투아네트가 단두대 앞에 선 날."

이러면 독자들은 프랑스를 자연스럽게 연상하게 될 것입니다.

한편 앞서 제시된 리스트의 '기원전 1세기', '1751년'과 같이 중립적인 표현을 쓸 수도 있는데, 이것만으로는 장소를 특정할 수 없습니다.

---

* 1960년대 후반 이후 미국을 비롯한 자본주의 선진국에서 일어난 여성의 자립과 해방을 둘러싼 새로운 이론과 운동.
** 전자두뇌. 뇌 일부를 컴퓨터로 바꾸는 것으로, 기억을 외부저장장치에 백업할 수 있을 뿐만 아니라 뇌와 네트워크를 직접 연결하여 정보를 찾을 수 있다.
*** 모습과 행동이 인간과 거의 똑같은 로봇.

또 '내가 어렸을 때', '할머니가 젊었을 때'와 같은 표현도 이것만으로는 무대가 어디인지 알 수 없습니다.

[실습 2] 장소에 변화를 주어 다양하게 변주해본다

이번에는 장소를 바꿔서 변주하는 방법을 생각해봅시다.

[실습 1]과 마찬가지로 모모타로 이야기는 나중에 변주해보기로 하고, 먼저 여러분의 머릿속에 떠오르는 '장소'를 리스트로 만들어보겠습니다. 순서는 [실습 1]과 같습니다. 최소 50개, 적어도 100개를 채울 수 있도록 열심히 생각해주십시오.

이 책을 읽고 있는 독자 여러분도 꼭 써보시기 바랍니다.

준비되셨나요? 그럼, 시작!

……다 쓰셨나요?

그러면 여러분이 적어낸 아이디어를 살펴보기로 하겠습니다.

아이디어 100

- 일본의 어느 지방 도시
- 도쿄 근교
- 규슈의 바닷가 마을
- 밴쿠버 외곽의 시골 마을
- 런던의 변두리
- 베를린의 뒷골목
- 이스탄불의 번화가
- 파리의 아파트
- 브루클린
- 산토리니
- 깊은 숲속의 펜션
- 산속의 온천 마을
- 쇠락한 관광지
- 디즈니랜드
- 유니버설 스튜디오 할리우드
- 영국의 비밀정보국 MI6
- 펜타곤
- 백악관
- 버킹엄 궁전
- 베르사유 궁전
- 맨해튼
- 뉴욕의 월 스트리트
- 타히티
- 남극

- 북극
- 오로라를 볼 수 있는 곳
- 텍사스의 황야
- 도서관
- 특급 호텔
- 산장
- 공항 터미널
- 종합병원
- 묘지
- 앨커트래즈 교도소
- 스가모 교도소
- 바스티유
- 라스베이거스
- 델리
- 신주쿠
- 롯폰기
- 베네치아의 산 마르코 광장
- 로마의 스페인 광장
- 모스크바의 붉은 광장
- 뉴질랜드
- 오스트레일리아
- 알프스 기슭
- 카멜롯
- 골고다 언덕

- 찰스턴
- 나일강 주변
- 콜카타
- 상하이
- 자금성
- 모스크바
- 몽골의 초원
- 태평양의 외딴섬
- 남국의 해변
- 설국
- 얼음성
- 월면 기지lunar base
- 명왕성
- 카리브해
- 지중해
- 산속
- 바닷속
- 화성의 돔도시
- 목성의 콜로니
- 그린란드
- 마을과 외떨어진 등대
- 에게해의 작은 섬
- 희망봉
- 만리장성
- 오사카
- 오키나와
- 허난성 뤄양

- 폼페이
- 홍콩
- 만주
- 마케도니아
- 사하라 사막
- 실크로드
- 히말라야산맥
- 판게아 대륙
- 아틀란티스 대륙
- 시베리아
- 티베트
- 카르타고
- 고대 도시 유적 팔미라
- 신성로마제국
- 아마존 오지
- 하와이
- 파르테논 신전
- 비잔틴제국
- 노예선
- 이민선移民船
- 달리는 기차
- 호화 크루즈
- 성간우주선
- 전뇌 세계 내부
- 과학기술이 고도로 발전한 가상 도시

네, 수고하셨습니다! 꼭 100개를 채워주셨네요.

시대와 마찬가지로 장소 역시 여러 가지 방식으로 표현할 수 있습니다. '일본', '뉴질랜드', '오스트레일리아'와 같이 국가명을 제시하는 방식, '도쿄', '뉴욕' 등 도시명을 제시하는 방식 등 다양합니다. 여기서도 장소를 제시하는 것만으로 시대까지 특정할 수 있는 표현이 있음을 알 수 있습니다.

예를 들어, 앞서 제시한 리스트의 '아틀란티스 대륙', '비잔틴제국' 등과 같이 지금은 존재하지 않는 지명을 제시하면 독자들은 "아, 이건 과거의 이야기겠구나" 하고 자연스럽게 받아들일 것입니다.

'성간우주선'이나 '화성의 돔도시'라고 하면 독자들은 저도 모르게 미래를 연상하게 됩니다.

여기서 또 한 가지 핵심은 각각의 장소에는 저마다의 분위기와 고유의 역사가 있다는 점입니다.

가령 '롯폰기에서 나고 자란 모모타로'와 '도시 변두리 마을에서 나고 자란 모모타로'라는 설정이라면 자연스럽게 각각 다른 캐릭터를 연상하게 되지 않나요? 혹은 '시베리아에서 나고 자란 모모타로'와 '하와이에서 나고 자란 모모타로', '싱가포르를 여행하는 모모타로'와 '은하수를 여행하는 모모타로'와 같은 경우는 또 어떨까요? 분명 꽤 다른 이미지를 연상하게 되고 다른 느낌을 받게 될 것입니다. 이처럼 장소만 바꿔주어도 기존의 모모타로를 다양한 캐릭터로 얼마든지 만들어낼 수 있습니다.

그러면 이제 이 두 가지의 실습을 바탕으로, 시대와 장소를 바꿔주었을 때 모모타로 이야기가 어떻게 달라지는지 살펴보기로 하겠습니다.

고장이 바뀌면 풍습도 달라진다

앞에서 말한 대로 지역이 바뀌면 풍속이나 습관, 언어와 같은 것들이 달라지는 법입니다. 또 같은 사물이나 현상도 지역에 따라 명칭이나 용도가 달라지는 일이 있습니다.

모모타로 이야기의 배경을 다른 시대와 장소로 바꿔줄 경우, 스토리라인은 달라지지 않는다고 해도 변경된 시대나 장소에 걸맞은 생활상과 풍습, 습관, 소도구 등이 등장하지 않으면 안 됩니다.

이해를 돕기 위해 구체적인 예를 들어 설명하겠습니다.

시대는 현대, 장소는 도쿄 도라노몬으로 설정했다고 합시다.

◆ 강가에 떠내려온 복숭아에서 한 아이가 태어났다. 이를 발견한 노부부가 이 아이에게 모모타로라는 이름을 지어주었다.

원래 모모타로 이야기는 옛날 어느 마을에 노부부가 살고 있었는데, 어느 날 할아버지는 나무하러 산으로 가고, 할머니는 빨래하러 강가로 나갔다는 것으로 시작합니다. 그런데 현대의 도쿄에서는 산에 나무하러 가는 일도 드물지만, 빨래를 하러 강가로 나가는 할머니는 더더욱 있을 리 없겠지요? 따라서 이 대목은 시대와 장소에 걸맞은 설정으로 바꾸어주지 않으면 안 됩니다.

이어서 나오는 '도깨비를 물리치러 도깨비섬으로 간다'와 같은 부분 역시 현실 세계에 도깨비가 존재하지 않는 이상 다른 무언가로 대체해줘야 합니다.

◆ 도깨비섬으로 향하는 모모타로는 개, 원숭이, 꿩에게 수수경단을 나눠주며 그들을 친구로 맞이한다.

이 부분도 마찬가지입니다. 옛날이야기에서는 인간의 말을 할 줄 아는 개, 원숭이, 꿩이 나오는데, 현실 세계의 도쿄를 이야기의 무대로 하자면 다소 무리가 따르는 설정입니다. 다만, 여러분이 모모타로 이야기를 인간의 말을 하는 동물이 등장하는 판타지, 또는 SF로 만들어볼 생각이라면 이것에 얽매일 필요는 없습니다.

이제 이야기의 후반부를 보겠습니다.

◆ 모모타로 일행은 도깨비섬에 도착한다.

◆ 모모타로 일행은 도깨비를 물리치고 고향으로 돌아와 오래도록 행복하게 살았다.

여기서는 전반부에서 '도깨비섬은 어디인가', '도깨비를 암시하는 것은 무엇인가'를 각각 정해두었을 것이므로, 그 설정을 바탕으로 해서 써나간다면 크게 문제가 없으리라고 봅니다.

지금까지 살펴본 것을 바탕으로 실제로 플롯을 써보겠습니다.

[실습 3]《모모타로》의 배경을 시대는 '현대', 장소는 '도쿄 도라노몬'으로 바꿔 각색해주십시오.

[응용 실습] 《모모타로》의 무대를 여러분 각자가 선호하는 시대, 선호하는 장소로 설정하여 각색해주십시오.

아직 플롯을 짜는 데 익숙하지 않은 분들이라도 너무 어렵게 생각하실 필요는 없습니다. 다음의 스토리라인을 바탕으로 변경할 부분만 바꿔 써보는 것도 좋습니다.

◆ 강가에 떠내려온 복숭아에서 한 아이가 태어났다. 이를 발견한 노부부가 이 아이에게 모모타로라는 이름을 지어주었다.
◆ 성장한 모모타로는 도깨비를 물리치러 도깨비섬으로 가야겠다고 결심한다.
◆ 도깨비섬으로 향하는 모모타로는 개, 원숭이, 꿩에게 수수경단을 나눠주며 그들을 친구로 맞이한다.
◆ 모모타로 일행은 도깨비섬에 도착한다.
◆ 모모타로 일행은 도깨비를 물리치고 고향으로 돌아와 오래도록 행복하게 살았다.

이 책을 읽고 있는 독자 여러분도 꼭 도전해보십시오.
준비되셨나요? 자, 그럼, 시작!

……다 쓰셨나요?

그러면 여러분이 쓴 플롯을 한번 살펴보기로 하겠습니다.

작품 예시·1

현대의 도쿄 도라노몬을 무대로 한 모모타로 이야기

◆ 도라노몬 힐스 앞에 버려진 아이는 친환경 식품회사 '그
랜드마더'의 사장 손에 거둬져 모모타로라는 이름을 갖게
되었다.

◆ 어른이 된 모모타로는 양부모의 회사를 가로채기 위해 음
모를 꾸미는 대기업 식품회사 '오가 내추럴 인더스트리',
통칭 'O. N. I'를 반드시 저지하겠다고 결심한다.

◆ 모모타로는 아버지의 충직한 부하직원 기지마, 대학 동기
생 미사루, 천재 해커 이누이를 동료로 맞이한다.*

◆ 모모타로 일행 네 명은 신분을 숨긴 채 O. N. I에 취직한
다.

◆ 모모타로 일행은 O. N. I의 강탈 계획을 저지했을 뿐만 아
니라 O.N.I를 그랜드마더의 자회사로 흡수하는 데 성공하

---

* 여기서 기지는 일본어로 꿩, 사루는 원숭이, 이누는 개를 뜻한다.

고, 모모타로는 O. N. I의 신임 사장 자리에 올라 오래도록 행복하게 살았다.

네. 수고하셨습니다. 옛날이야기 모모타로의 분위기가 백 팔십도 바뀌었군요. 이 플롯에 조금씩 살을 붙여나가면 기업 소설로도 손색이 없는 재미있는 작품이 될 것 같습니다.

그러면 다른 분의 작품도 한 편 더 살펴보겠습니다.

작품 예시·2

응용 실습: 백악기 후기 북미 대륙을 무대로 한 모모타로 이야기

백악기 후기의 북미 대륙. 지극정성으로 새끼들을 돌보는 엄마 공룡 마이아사우라는 어느 날 버려진 알을 발견하고, 극진히 보살펴 부화시킨다.

알을 깨고 나온 새끼는 마이아사우라의 새끼들보다 유난히 몸집이 작았고 외모도 볼품이 없었다. 하지만 마이아사우라는 그 새끼에게 모모라는 이름을 지어주고, 자신의 새끼들과 차별 없이 정성껏 키운다.

그러던 어느 날, 마이아사우라가 집을 비운 사이 티라노사우루스의 습격으로 모모의 형제들이 모두 죽고 만다.

몸집이 작은 모모는 둥지 한구석에 몸을 숨겨 간신히 살아남을 수 있었다.

슬픔에 차 울부짖는 엄마 마이아사우라를 보며 모모는 자신들의 집을 습격한 티라노사우루스를 향한 복수를 다짐한다.

몇 년 후, 여전히 몸집은 작았지만 영리하고 날랜 공룡으로 성장한 모모는 프테라노돈, 트리케라톱스, 엘라스모사우루스를 동료로 맞이해 티라노사우루스의 근거지로 향한다. 모모 일행은 힘을 합쳐 티라노사우루스를 쓰러뜨린다.

네, 수고하셨습니다. 어쩐지 디즈니 애니메이션을 떠올리게 하는 이야기로 바뀌었군요. 주인공 모모는 생물학적으로 결국 어떤 공룡이었는가 하는 부분도 궁금증을 자아냅니다. 이런 부분을 잘 살리면 독자들의 흥미를 불러일으키는 복선이 될 수 있을 것 같습니다.

어떻습니까? 스토리라인은 같아도 시간과 장소를 바꾸어주는 것만으로도 이야기의 분위기가 완전히 바뀐다는 것을 실감할 수 있었나요?

다음 장에서는 문체를 바꿔주었을 때 이야기의 분위기가 어떻게 달라지는지 살펴보기로 하겠습니다.

문체에 변화를 주어 다양하게 변주해본다

스토리라인이 같더라도 구성 요소를 조금 바꾸어주는 것으로도 플롯은 무한대로 변주될 수 있습니다. 지난 장에서는 시대와 장소에 변화를 주어 플롯을 짜보았습니다. 이번 장에서는 문체에 대해 다뤄보겠습니다.

② 문체

이제 문체를 바꿔주면 플롯이 어떻게 달라지는지 실습을 통해 직접 확인해보도록 하겠습니다.

문체란 무엇인가

한마디로 '문체'라고 해도 그 정의는 다양합니다. 일반적으로 문장의 개성적 특색을 '문체'라고 하지만, 이 책에서는 특정 규칙에 따라 쓰인 문장의 양식으로 정의하겠습니다.

그러면 이 특정 규칙이란 무엇일까요?

이것 역시 여러 가지가 있을 수 있는데, 여기서는 다음 두 가지를 살펴보겠습니다. 문장의 느낌과 분위기를 바꾸고 싶을 때는 아래 두 가지 요소에 유의해서 써주면 쉽고 간단하게 해결할 수 있습니다.

■ **종결어미의 선택**
■ **어휘의 선택**

순서대로 설명해보겠습니다.

종결어미는 말 그대로 한 문장을 끝맺게 하는 자리에 오는 어말 어미입니다. 문장을 '~있습니다' '~했습니다' '~입니다'와 같은 경어체(높임말)로 끝맺느냐, '~있다' '~했다' '~이다' 등의 평어체(반말)로 끝맺느냐에 따라 독자들이 받는 느낌은 크게 달라집니다. 경어체로 쓰인 문장이 부드럽고 친절한 느낌을 준다면 평어체는 좀 더 간결하고 명료한 느낌을 줍니다. 즉, 종결어미는 글의 전반적인 분위기를 좌우하는 역할을 한다고 할 수 있습니다.

(경어체) **옛날 옛날 어느 마을에 할아버지와 할머니가 살고 있었습니다.**

(평어체) **옛날 옛날 어느 마을에 할아버지와 할머니가 살고 있었다.**

독자들에게 더 편안하고 친숙한 느낌을 주고 싶다면 구어체의 종결어미로 바꿔 써주는 것도 좋습니다.

A **옛날 옛날 어느 마을에 할아버지와 할머니가 살고 있었어.**

B **옛날 옛날 어느 마을에 할아버지와 할머니가 살고 있었지.**

C **옛날 옛날 어느 마을에 할아버지와 할머니가 살고 있었더래.**

어떤가요? 각 문장이 조금씩 다르게 느껴진다면 언어 감각이 예민한 편이라고 할 수 있을 것입니다. 이 중에 C를 한번 볼까요? C의 종결어미 '~더래'는 '~더라고 해'의 준말로 다른 사람이 경험해 새롭게 알게 된 사실을 현재의 대화 상대에게 전달함을 나타내는 어미 표현입니다. 이런 표현은 누군가에게 조곤조곤 이야기를 들려주는 느낌을 줄 수 있어 옛날이야기의 맛을 더 잘 살릴 수 있습니다. 그러면 이 C의 문장을 종결어미에 어울리도록 약간 바꿔보겠습니다.

C-1 옛날 옛날 어느 마을에 할아범과 할멈이 살고 있었더래.

어떤가요? 종결어미 '~더래'에 맞춰 '할아버지', '할머니'를 옛날이야기에 흔히 쓰이는 '할아범'과 '할멈'으로 바꿔보았습니다.

내친김에 조금만 더 해볼까요?

C-2 옛날 옛적 고릿적 어느 마을에 할아범과 할멈이 살고 있었더래.

'고릿적'은 먼 과거의 일을 언급할 때 상투적으로 쓰는 말로 옛날이야기의 서두에서 많이 볼 수 있지요. 또 '옛적', '고릿적'의 '적'은 지금은 '때'라는 단어에 밀려나 '어릴 적'이나

'소싯적' 등을 제외하면 매우 흔하게 쓰이는 말이 아니므로 이런 옛날이야기에 잘 어울리는 표현이라고 할 수 있습니다.

이처럼 단어 몇 개만 바꿔주어도 글 전체가 옛날이야기의 분위기를 풍기게끔 할 수 있습니다.

반대로 지금 일상에서 쓰이는 입말로 바꿔보면 어떻게 될까요?

D 옛날하고도 옛날 일인데 말이야. 한 마을에 할아버지랑 할머니가 함께 살고 있었다네?

이렇게까지 평소에 쓰는 말투로 글을 쓰는 경우는 아주 흔치 않겠지만, 어디까지나 하나의 예로써 살펴보았습니다. 여하튼 이처럼 단 한 줄이라 해도 종결어미를 바꾸고, 거기에 문장 속 단어를 종결어미와 자연스럽게 잘 어울리는 말로 바꿔주면 분위기가 사뭇 달라진다는 사실을 알 수 있습니다.

다시 한번 강조하지만 종결어미는 글 전체의 분위기를 결정하는 역할, 말하자면 토대와 같은 역할을 합니다. 패션에 비유하자면 바지나 치마 같은 것이지요. 출근할 때 입은 정장 바지를 퇴근 후 청바지로 갈아입었다면, 자연스럽게 그것에 어울리는 셔츠나 재킷으로 갈아입고 싶어집니다. 마찬가지로 언어에 대한 감각이 어느 정도 길러지면 종결어미를 바꿔주었을 때 문장의 앞부분 역시 균형을 맞춰 바꿔주고 싶어질 것입니다. 이러한 감각이 몸에 배게 되면 여러분의 문체는 점점 더 다채로워지리라 생각합니다.

어휘의 선택

종결어미가 바지나 치마라면 문장의 앞단은 상의나 액세서리에 해당합니다. 갖가지 상황에 따라 골라 입을 수 있는 옷을 여럿 갖추고 있다면 다양한 스타일을 연출하는 즐거움을 맛볼 수 있습니다. 마찬가지로 말의 변주, 즉 어휘가 풍부하면 풍부할수록 다양한 양식의 문체를 적절하게 선별하여 구사할 수 있게 됩니다.

"그런데 난 그렇게 어휘량이 많지 않은데……."

혹시 이런 고민이 들더라도 너무 걱정할 필요는 없습니다. 가지고 있는 옷의 가짓수가 적어도 적절하게 매치해서 입으면 매일 색다른 옷을 입은 느낌을 자아낼 수 있습니다. 마찬가지로 한정된 어휘로도 기본적인 핵심만 파악하고 있으면 얼마든지 다양한 문체를 만들 수 있습니다.

예를 들어서 설명해보겠습니다.

추상적인 말 ↔ 구체적인 말

'옛날 옛날 어느 마을에'

이렇게 쓰는 방법은 추상적입니다. '옛날'이 언제를 말하는지, '어느 마을'이 어디를 가리키는지가 명확하게 쓰여 있지 않기 때문입니다.

이 부분을 구체적으로 '언제'와 '어디서'를 넣어서 다시 써보겠습니다.

'1209년 가즈사에'

어떤가요? 훨씬 더 명확해졌지요? 1209년이라면 일본의 가마쿠라 시대(1185~1333) 초기에 해당하고 가즈사라는 지역은 지금의 지바현 중부를 말합니다.

'할아버지와 할머니가 살고 있었습니다'

이 부분도 막연합니다. 구체적인 말로 바꿔보겠습니다.

'히로가네라는 할아버지와 도요라는 할머니가 살고 있었습니다'

처음부터 써보면 다음과 같습니다.

1209년 가즈사에 히로가네라는 할아버지와 도요라는 할머니가 살고 있었습니다.

어떤가요?

옛날 옛날 어느 마을에 할아버지와 할머니가 살고 있었습니다.

앞서 나온 이 문장과는 분위기가 달라졌다는 것이 느껴지시나요?
혹은 이런 식으로 각색해보는 것도 좋습니다.

1789년 프랑스 루앙에 가스파르라는 할아버지와 잔이라는 할머니가 살고 있었습니다.

어떻습니까? '언제', '어디서', '누가'를 명확히 해주는 것만으로도 일본의 전래동화인 모모타로 이야기가 단숨에 서양의 분위기를 풍기게 되지 않았나요? 나아가 1789년이면 프랑스 대혁명이 일어난 해이고, 프랑스 서북부에 위치한 루앙은 18세기 당시 프랑스 제2의 도시로 꼽혔다고 하지요. 이 한 문장으로도 아마 여러분의 머릿속에는 모모타로 이야기와는 전혀 다른 이미지가 떠올랐을 것입니다.

이처럼 '언제', '어디서', '누가'를 구체적인 시기나 장소,

이름으로 제시하면 더욱더 명확한 이미지를 독자에게 전달할 수 있습니다.

"그러니까 상세하게 적으면 적을수록 독자가 이해하기 쉬운 글이 된다는 말인가요?"

그렇습니다. 다만 지나치게 명확하거나 상세할 경우 오히려 읽기 힘들거나 이해하기 어려울 수 있으므로 유의해야 합니다. 이를테면 다음과 같은 예가 그렇습니다.

파타고니아*의 클라우드 릿지 재킷**을 몸에 걸친 모모타로는 카발리에 킹 찰스 스패니얼*** 존과 하누만랑구르**** 스피카, 그리고 골든 페즌트***** 루루와 함께 위풍당당하게 YAMAHA SR-X******에 올라탔다.

이런 문장을 읽고, 문장 속에 등장하는 모든 고유명사의 이미지를 바로 머릿속에 떠올릴 수 있는 사람은 거의 없지 않을까요? 즉, 지나치게 구체적으로 묘사하면 오히려 글의

---

* 미국의 아웃도어 패션 브랜드
** 우천용 의류의 제품명
*** 스패니얼 품종의 소형견
**** 긴꼬리과 원숭이
***** 황금꿩
****** 낚시 보트의 제품명

의미 전달을 방해할 수도 있다는 말입니다.

얼마나 상세하게, 구체적으로 제시해야 독자에게 가장 효과적으로 전달할 수 있는지를 잘 가늠해가며 글을 쓰는 것이 중요합니다.

고유어 ↔ 한자어

일본어의 어휘는 유래에 따라 고유어, 한자어, 외래어로 나눌 수 있는데, 여기서는 고유어와 한자어에 대해서만 다뤄볼 것입니다. 우선 고유어와 한자어의 사전적 의미를 간략하게 정의하면 다음과 같습니다.

> 고유어···해당 언어에 본디부터 있던 말이나 그것에 기초하여 새로 만들어진 말.
> 한자어···한자에 기초하여 만들어진 말로, 현재 일본어 어휘의 절반 이상을 차지함.[*]

---

[*] 한국어의 경우, 국립국어원 자료에 따르면 《표준국어대사전》의 전체 44만여 개의 주표제어 가운데 한자어는 약 57% 정도를 차지하며 여기에 한자어와 고유어가 결합한 복합어를 더하면 그 비율이 조금 더 올라갈 수 있다.

소리글자인 고유어는 소리 나는 대로 다양하게 표기할 수 있는 장점이 있고, 한자어는 뜻글자이므로 길고 복잡한 뜻도 짧고 간단한 표현으로 이해하기 쉽게 나타낼 수 있습니다.

옛날 옛날 어느 마을에 할아버지와 할머니가 살고 있었습니다.

이 문장 속의 단어는 모두 고유어로 쓰였습니다. 이 문장에 한자어를 넣어 조금 바꿔보겠습니다.

태고太古의 어느 한 촌락村落에 할아버지와 할머니가 살고 있었습니다.

이 문장에는 고유어와 한자어가 혼재하고 있습니다. 이 문장 속에 한자어의 비율을 조금 더 늘려보겠습니다. 예를 들어, 고유어인 '할아버지'는 한자어인 '노옹'으로 바꾸어 쓸 수 있습니다.

태고의 어느 한 촌락에 히로가네라는 노옹老翁과 도요라는 노파老婆가 살고 있었습니다.

일반적으로 문장 속에 한자어가 많아질수록 종결어미는 '~있다' '~했다' '~이다' 등의 평어체가 걸맞고, 고유어의 비율이 높을수록 종결어미는 '~있습니다' '~했습니다' '~입니다' 등의 경어체가 잘 어울립니다. 따라서 위의 문장 역시 평어체로 바꿔보겠습니다.

태고의 어느 한 촌락에 히로가네라는 노옹과 도요라는 노파가 살고 있었다.

어떤가요? 경어체로 쓰인 문장과 비교해보면 전체적으로 한결 간결해진 느낌이 들지 않나요? 옛날이야기라기보다 역사소설의 첫머리를 읽는 듯한 느낌도 들 것 같습니다.

이처럼 '한자어+평어체'의 조합은 문장 전체의 인상을 간결하고 깔끔하게 만들어주는 효과가 있습니다. 실제로 비즈니스 문서나 공적인 문서는 대개가 이 형식으로 쓰입니다.

이에 견주어 '고유어+경어체'의 문장은 전체적으로 친숙하고 친절한 인상을 줍니다. 어린이 그림책 등은 대부분 이 형식에 따라 쓰입니다. 더불어 종결어미를 '~어' '~지' '~네'와 같은 구어체로 하면 더욱 편안하고 친숙한 느낌을 독자에게 전달할 수 있다는 것은 앞에서도 언급했습니다.

명사구·관용구 ↔ 독립된 문장

고유어이든 한자어이든 명사구나 관용구는 각각 독립된 문장으로 바꿀 수 있습니다.

할아버지는 벌채하러 산으로 가고, 할머니는 세탁하러 강가로 나갔습니다.

위의 문장에서 보라색으로 표시된 부분인 '벌채'와 '세탁'은 각각 '나무를 하다', '옷을 빨다'와 같이 독립된 문장으로 만들 수 있습니다. 이 두 문장을 원래의 문장에 집어넣어 보겠습니다.

할아버지는 나무를 하러 산으로 가고, 할머니는 옷을 빨러 강가로 나갔습니다.

어떤가요? 원래의 문장보다 더 알기 쉽게 느껴지시나요?

이러한 독립된 문장은 '무엇이 어찌한다'('무엇이 무엇을 어찌한다')라는 '주어+서술어'('주어+목적어+서술어')의 관계가 명확하므로, 어려운 명사구나 관용구보다 더 쉽게 독자들이 이해할 수 있는 이점이 있습니다. 다만, 한 문장 속에 '주어+서술어'('주어+목적어+서술어')의 조합이 두 개 이상 들어 있는 복문이 되고, 그러다 보면 문장이 길어지면서 결과적으로 읽기 어려워지는 경우도 있습니다.

한편 문장이 지나치게 길 경우에는 독립된 문장으로 쓰인 부분을 명사구 또는 관용구로 만들어서 축약할 수도 있습니다. 다음 예문을 봐주시기 바랍니다.

그즈음 도깨비섬의 도깨비 무리가 걸핏하면 쳐들어와 온 마을을 휘젓고 돌아다니며 집을 부수고 물건을 빼앗고 사람들을 마구 괴롭혔지만, 마을 사람들은 어찌할 바를 몰라 꼼짝없이 당할 수밖에 없었습니다.

이 문장을 명사구와 관용구를 사용해 축약하면 다음과 같습니다.

당시 도깨비섬의 도깨비 무리가 빈번히 침입해 난동과 횡포를 일삼았지만, 마을 사람들은 속수무책이었다.

명사구나 관용구를 많이 사용하면 자연히 한자어의 분량

이 많아집니다. 한자어는 '~있다' '~했다' ~이다' 등의 평어체와 잘 어울리므로, 종결어미도 평어체로 바꿔주었습니다. 다만 문장이 전체적으로 짧고 간결해졌지만, 때에 따라서는 읽기 어렵고 부담스럽게 느끼는 사람도 있을 수 있습니다.

따라서 얼마나 알기 쉽고 친숙하게 느껴지는 문장을 쓰느냐, 혹은 알기 쉽고 친숙함을 어느 정도의 수준으로 설정하느냐가 중요합니다. 다시 말해 작가는 지금 자신이 어떤 나이대의 어떤 독자를 대상으로 글을 쓰려고 하는지를 항상 의식해가며 쓰는 습관을 들여야 합니다. 그런 과정을 통해 문장의 수준은 한층 더 높아지게 됩니다.

문체를 의도적으로 바꿔본다

지금까지 추상적인 말과 구체적인 말, 고유어와 한자어, 명사구·관용구와 독립된 문장, 이 세 가지를 목적에 따라 적절하게 사용하는 것만으로도 문체를 다양하게 변주할 수 있음을 알아보았습니다.

그러면 여기까지 배운 내용을 바탕으로 실제로 플롯을 짜보기로 하겠습니다. 이 책을 읽고 있는 독자 여러분도 꼭 도전해보시기 바랍니다.

[실습 4] 다음의 이솝 우화 《욕심 많은 개》를 문체를 바꿔 각색 해주십시오.

개 한 마리가 고깃덩이를 입에 물고 강에 놓인 다리를 건 너고 있었습니다.

그런데 다리 중간쯤에서 무심코 아래를 내려다본 개는 깜 짝 놀랐고 말았습니다. 강물 속에서 웬 개 한 마리가 고깃 덩이를 물고 자기를 쳐다보는 게 아니겠어요?

'옳지, 저 고깃덩이도 내가 빼앗아야겠다.'

개는 물속의 개를 향해 사납게 짖어댔습니다.

그 순간 입에 물고 있던 고깃덩이가 물속에 빠져 떠내려 가버리고 말았습니다.

지나치게 욕심을 부리면 결국 자기 것도 잃게 된다는 이 야기입니다.

······다 하셨나요?

그러면 여러분이 각색한 글을 살펴보기로 하겠습니다.

이솝 우화 ①

개 한 마리가 닭고기를 입에 물고 허드슨강 다리를 건너고 있었다.

그런데 다리 중간쯤에서 무심코 아래를 내려다본 개는 깜짝 놀라고 말았다. 수중에서 웬 개 한 마리가 닭고기를 물고 자기를 올려다보는 게 아닌가.

'옳지, 저 고깃덩이도 내가 빼앗아야겠다.'

개는 수중의 개를 향해 사납게 짖어댔다.

그 순간 입에 물고 있던 닭고기가 수중에 빠져 떠내려가 버렸다.

탐욕을 부리면 결국 손해를 본다는 교훈이다.

네, 수고하셨습니다. 제시문의 경어체를 평어체로, '고깃덩이'와 '강'을 구체적으로 각각 '닭고기', '허드슨강'으로 바꾸어주었군요. 또 세세한 부분에서는 '물속'을 한자어인 '수중'으로 바꾼다든지 '지나친 욕심'을 '탐욕'으로 바꿔 써주었네요. 좋습니다. 이것만으로도 원래 제시된 글과는 분위기가 상당히 달라졌습니다.

그러면 다른 분의 글도 한 편 더 살펴보겠습니다.

이솝 우화 ②

바둑이가 고깃덩이를 입에 물고 강 다리를 건너고 있었
어.

그런데 다리 딱 중간쯤에서 무심코 아래를 내려다본 바둑
이는 깜짝 놀라고 말았어. 웬 개 한 마리가 고깃덩어리를
물고 있지 뭐야.

'와아! 저 고기도 내가 먹을래.'

바둑이는 "왕왕!" 크게 짖었어.

그 순간 입에 물고 있던 고깃덩이가 강에 떨어져 그대로
떠내려가고 말았지.

욕심쟁이는 모두 바둑이처럼 자기 것도 잃게 되는 거야.

네, 수고하셨습니다. 이 글은 왠지 어린이용 그림책을 읽는
듯한 느낌을 주는군요. 종결어미를 구어체의 종결어미 '~어'
'~지' '~야'로 바꿔주거나 '와아! 저 고기도 내가 먹을래'라고
바둑이의 대사를 바꿔주는 등 여러 가지로 머리를 짜서 궁리
한 점이 아주 돋보입니다.

그런데 이 바둑이의 대사 부분을 다시 한번 볼까요?

'옳지, 저 고깃덩이도 내가 **빼앗아야겠다**'라고 생각하는

개와 '와아! 저 고기도 내가 먹을래'라고 생각하는 바둑이는 확연히 캐릭터가 다르다는 사실을 알아채셨나요?

다음 장에서는 스토리라인은 그대로 두고 등장인물의 캐릭터에 변화를 주면 이야기의 분위기가 어떻게 바뀌는지 실습을 통해 여러분이 직접 체험해보도록 하겠습니다.

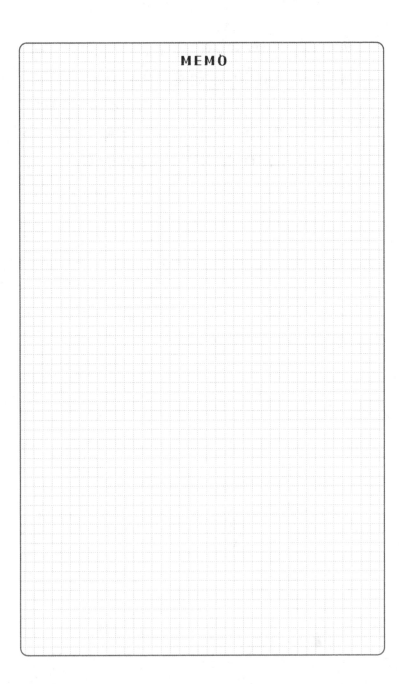

MEMO

캐릭터에 변화를 주어
다양하게 변주해본다

지난 장에서는 이야기의 구성 요소 중 문체에 변화를 주어 플롯을 변주하는 법에 대해 알아보았습니다. 이번 장에서는 등장인물의 캐릭터에 다뤄보겠습니다.

③ 등장인물의 캐릭터
이제 등장인물의 캐릭터에 변화를 주면 플롯이 어떻게 달라지는지 살펴보도록 하겠습니다.

인물이 바뀌면 스토리도 달라진다

만약 모모타로가 말도 못 할 게으름뱅이였다면, 모모타로 이야기는 어떤 이야기가 될 것 같나요?

"애초에 도깨비를 물리치려 나서지도 않았을 거예요."

"할머니가 만들어주신 수수경단을 자기 혼자 싹 먹어 치울 것 같아요."

"도깨비섬에 도착해서도 도깨비 퇴치 같은 건 개나 원숭이, 꿩한테 슬쩍 떠넘겨버리겠죠."

맞습니다. 성격이 바뀌면 행동이 바뀌고, 행동이 바뀌면 결과도 달라집니다. 멀티 시나리오·멀티 엔딩* 게임을 즐기는 사람이라면 이 말이 무슨 뜻인지 따로 설명하지 않아도 단박에 알아차릴 것입니다.

전작 《스토리텔링 7단계》에서는 욕구, 가치관, 능력, 이 세 가지 관점에서 캐릭터를 만드는 방법을 설명했습니다.

여기서는 이 세 가지 관점에서 벗어나 캐릭터의 성격, 나아가 이야기의 전개와 관계되는 요소에 관해 알아보도록 하겠습니다.

스스로 행동하느냐, 행동하지 않느냐

외부의 영향이나 간섭이 없더라도 매사에 적극적으로 행동하

---

* 하나의 주제 아래 스토리가 여러 갈래로 진행되며 플레이어의 선택에 따라 다른 상황을 경험하고 다른 결말에 다다르게 되는 엔딩 기법.

는 주인공과 외부로부터의 강요나 요구, 압박에 의해 어쩔 수 없이 행동에 나서는 주인공은 어떤 차이가 있을까요? 우선 다음 문장을 한번 봐주십시오.

할아버지와 할머니 밑에서 쑥쑥 자라난 모모타로는 어느 날 못된 도깨비를 물리치러 도깨비섬으로 떠나기로 결심했습니다.

어느 날, 스스로 '못된 도깨비를 물리치러 도깨비섬으로 가자'고 결심한 모모타로는 매사 스스로 나서서 행동하는 주인공입니다. 그러면 이 모모타로가 외부로부터 동기를 부여받아야 그나마 움직이는 유형이라면 어떨까요?

할아버지와 할머니 밑에서 쑥쑥 자라난 모모타로는 이윽고 마을 처녀와 결혼해 행복하게 살았습니다.

나쁜 짓을 일삼는 도깨비에 대해서는 그 어떤 이야기도 듣지 못한 모모타로는 복숭아에서 태어났다는 사실 말고는 별다를 게 없는 평범한 청년이 되어버렸습니다(웃음).
이래서야 재미도 없고, 어떤 일도 일어나지 않으니 어떤 식으로든 이 모모타로가 도깨비를 물리치러 가게끔 만들어 봅시다. 어떻게 하면 좋을까요? 뭔가 아이디어가 떠오른 사람?

"할아버지와 할머니가 도깨비에게 죽임을 당해요."

"여자친구를 도깨비가 자기들 섬으로 끌고 가요."

"모모타로의 이마에 뿔이 솟자 온 마을 사람들이 '도깨비의 아이다'라며 괴롭혀요."

그렇습니다. 스스로 행동하지 않는 모모타로가 '도깨비를 무찌르자!', '도깨비섬으로 가자!'라고 행동할 수밖에 없는 사건을 외부에서 일으킬 필요가 있습니다.

개는 냄새를 잘 맡는 코를 이용해 재빨리 도깨비의 체취를 쫓아 모모타로 일행을 도깨비 소굴로 안내했습니다.

꿩은 하늘로 날아올라 도깨비 소굴을 내려다보며 "도깨비들은 모두 잠들어 있어요"라고 모모타로 일행에게 알렸습니다.

원숭이는 높은 담장을 기어 넘어가 안에서 자물쇠를 풀고 문을 열었습니다.

이 장면에서 모모타로의 동료인 개, 꿩, 원숭이는 스스로 나서서 행동하지만, 모모타로는 별다른 행동을 취하지 않습니다.

그런데 만약 모모타로가 적극적으로 행동하는 유형이라면 이 장면은 어떻게 바뀔까요?

모모타로는 개를 향해 말했습니다.

"냄새를 잘 맡는 네 코로 도깨비 소굴을 찾아내줘."

개는 모모타로의 말에 따라 움직였습니다.

이번에는 꿩에게 부탁했습니다.

"넌 하늘에서 도깨비 소굴 상황이 어떤지 살펴봐줘."

하늘로 날아오른 꿩은 모모타로에게 알렸습니다.

"도깨비들이 모두 잠들어 있어요."

모모타로는 마지막으로 원숭이에게 말했습니다.

"넌 안쪽에서 자물쇠를 풀고 문을 열어줘."

아까 나온 예문과 비교해보니 어떤가요? 뭔가 알게 된 사람 있나요?

"이 수업과 상관없는 이야기일지 모르지만요……."

괜찮습니다. 말씀해보세요.

"모모타로가 어쩐지 거드름을 피우는 느낌이에요."

"이번에는 개, 원숭이, 꿩은 가만히 기다리고 있다가 모모타로가 시키는 대로만 움직이는 캐릭터가 된 것 같아요."

네. 재미있는 감상이 나왔군요. 첫 번째로 대답한 사람은 모모타로가 왜 '거드름을 피우는' 것처럼 느꼈나요?

"음……, 그야 모든 등장인물에게 모모타로가 명령을 내리니까요……?"

그렇습니다. 사실은 이 장면에서 모모타로는 스스로 나서서 행동하는 동시에 또 한 가지 어떤 일을 하고 있습니다.

적극적으로 타인과 관계를 맺느냐, 맺지 않느냐

앞에서는 매사에 스스로 나서서 행동하는 모모타로가 등장했습니다. 이 '매사'를 '타인'으로 바꾸면 이야기의 전개는 또 달라지게 됩니다.

스스로 나서서 타인과 관계를 맺는 능동적인 캐릭터는 매사 모든 일을 주변 캐릭터들과 적극적으로 소통하며 처리해 나갑니다. 앞 항목에서 개, 원숭이, 꿩에게 각각의 역할을 맡긴 모모타로가 이런 유형입니다.

한편 타인과 관계를 맺는 데 소극적인 캐릭터는 주변에 사람이 많아도 기본적으로 단독 행동을 합니다. 예를 들면 이런 것입니다.

도깨비섬에 도착한 모모타로는 모래사장에 남아 있는 도깨비의 발자국을 따라가다 도깨비 소굴을 발견했습니다. 도깨비 소굴은 높은 담장으로 둘러싸여 있었고, 안에서는 도깨비들의 코 고는 소리가 요란하게 들려왔습니다.

'도깨비들이 잠든 모양이구나.'

그렇게 생각하며 모모타로는 사다리를 만들어 담장을 타 넘어가기로 했습니다.

"개나 원숭이, 꿩이 등장할 기회가 없네요……."

그렇지요. 이건 이것대로 모모타로의 재기와 용맹함을 보여줄 수 있지만, 파티물(동맹물)party genre로서의 재미와 매력은 떨어집니다.

그러면 이 모모타로를 원래 플롯대로 개, 원숭이, 꿩과 협력하게 하려면 어떻게 해야 할까요? 뭔가 아이디어가 떠오른 사람 있나요?

"개나 원숭이, 꿩이 아니고서는 할 수 없는 일들을 만드는 건 어떨까요? 예를 들어, 도깨비섬에 도착하기는 했는데 도깨비 소굴이 어디인지 찾지 못한다거나, 도깨비 소굴까지는 어찌어찌 가긴 했는데 도깨비굴 내부 상황은 전혀 알 수 없다거나 하는 식으로요."

"개, 원숭이, 꿩 셋 중 누구든 간에 모모타로에게 참견을 하고 조언하게 합니다."

네, 바로 그것입니다. 타인과 교류하고 관계를 맺는 데 소극적인 주인공에게는 관계를 맺지 않으면 안 되는 상황을 만들어내거나, 타인 쪽에서 먼저 적극적으로 관계를 맺으려 하는 설정이 필요합니다.

캐릭터 매트릭스

관계와 행동의 적극성에 따라 캐릭터의 성격을 분류하는 2×2 매트릭스를 만들어보겠습니다. 오른쪽 그림을 봐주십시오.

A 타인과의 관계 맺기에도 적극적이고, 매사에도 적극적으로 행동한다.

B 타인과의 관계 맺기에는 적극적이지만, 매사에는 소극적으로 행동한다.

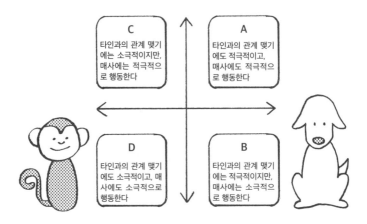

C 타인과의 관계 맺기에는 소극적이지만, 매사에는 적극
  적으로 행동한다
A 타인과의 관계 맺기에도 적극적이고, 매사에도 적극적으로 행동한다
D 타인과의 관계 맺기에도 소극적이고, 매사에도 소극적으로 행동한다
B 타인과의 관계 맺기에는 적극적이지만, 매사에는 소극적으로 행동한다

C 타인과의 관계 맺기에는 소극적이지만, 매사에는 적극
  적으로 행동한다.
D 타인과의 관계 맺기에도 소극적이고, 매사에도 소극적
  으로 행동한다.

A의 타인과의 관계 맺기에도 적극적이고, 매사에도 적극적으
로 행동하는 캐릭터는 가만히 내버려둬도 자기 스스로 의지
를 갖고 행동하며, 주변 인물들에게도 먼저 말을 건네고 손
을 내밀며 다가갑니다.《3학년 B반 긴파치 선생》*의 열혈 교

---

* 1979년 첫 방영 뒤 2007년까지 총 8편의 시리즈가 만들어진 일본의 학원 드라마.

사 사카모토 긴파치 등 옛날 드라마나 만화에서 봤던 열정적이며 긍정적인 영웅 캐릭터들을 떠올려보면 여기서 말하는 A가 어떤 이미지인지 대충 감이 올 것입니다. 이런 유형을 주인공으로 설정하면 이야기를 앞으로 쭉쭉 밀고 나가는 것이 가능합니다. 글쓰기 초보자의 경우 이야기가 좀처럼 진척이 되지 않아 애를 먹을 때는 의식적으로 이런 유형의 캐릭터를 등장시켜보는 것도 좋은 방법입니다.

B의 타인과의 관계 맺기에는 적극적이지만, 매사에는 소극적으로 행동하는 캐릭터는 주변 인물들과의 관계는 원만하지만, 어려운 문제에 직면하게 되면 주춤거리며 소극적인 태도를 보이는 유형입니다. 픽션의 세계에서는 캐릭터를 난관에 부딪히게 하는 편이 이야기의 흥미를 끌어내는 데 단연 효과적입니다. 따라서 이런 유형은 예상치 못한 사건이나 사고, 천재지변 등에 휘말리는 재난물*의 주인공으로 등장시키거나, 애초에 그럴 생각은 눈곱만큼도 없었지만 사건을 해결해야 하는 처지에 놓이는 인물로 설정하면 재미가 배가됩니다.

C의 타인과의 관계 맺기에는 소극적이지만, 매사에는 적극적으로 행동하는 캐릭터는 B의 유형과는 반대로 문제 해결 능력

---

* 재해나 대참사 등 갑작스러운 이상 사태를 계기로 벌어지는 다양한 드라마를 그려낸 장르. 《대중을 사로잡는 장르별 플롯》 43쪽 참조(저자주).

은 충분하지만, 인간관계에는 미숙하고 서툰 유형입니다. 이런 유형의 경우는 서툰 인간관계로 인한 갈등 상황을 반복해서 만들어주면 이야기를 전개해나가기가 수월합니다. 이 유형을 주인공으로 설정해서 이야기를 만들고 싶다면 로맨틱 코미디 또는 버디물을 선택하기를 권합니다. 스포츠물이나 히어로물의 주인공이라면 자기 혼자만의 노력으로 문제를 해결할 수 있는 개인전個人戰보다 팀 또는 커플이 함께 행동하게 만드는 편이 한결 재미있어집니다.

D의 타인과의 관계 맺기에도 소극적이고, 매사에도 소극적으로 행동하는 캐릭터는 요즘 특히 젊은 작가 지망생들이 흔히 설정하는 주인공 유형입니다. 겉보기에는 무슨 생각을 하는지 도통 알 수 없는 구석이 신비하고 매력적으로 보여서일까요? 아무튼 이런 캐릭터를 행동하게 만들려면 주변 인물들이 끊임없이 사건을 일으키거나, 주인공을 강제로 움직이게 만드는 조역이 반드시 있어야 합니다.

그런데 글쓰기 초보자들이 D의 방식으로 글을 쓰면 이야기가 진행될수록 주인공의 존재감이 점점 희박해질 가능성이 높습니다. 이런 상황은 실제로도 종종 일어나므로 초보자 단계에서는 가급적 피하는 편이 좋습니다.

엔터테인먼트 소설의 주인공은 애초 성격이 어떠하든 나중에 가서는 결국 타인과도 적극적으로 관계를 맺고 매사에도 적극적으로 행동해야만 하는 숙명을 짊어지고 있습니다. 여러분이 그려낸 주인공이 어떤 유형인지 자기 나름대로 철저하게 파악한 다음, 어떤 계기로 타인과 관계 맺게 하고 또 행동하게 만드는 게 좋을지 여러 관점에서 궁리해보시기 바랍니다.

캐릭터의 성격을 바꿔본다

그러면 지금까지 배운 것을 바탕으로 실제로 플롯 짜기 연습을 해보겠습니다. 이 책을 읽고 있는 독자 여러분도 꼭 도전해보시기 바랍니다.

[실습 5] 다음은 동화 《헨젤과 그레텔》의 한 장면입니다. 그레텔의 캐릭터를 이번 장에서 배운 A~D 중 하나로 설정하여 각색해주십시오.

못된 마녀는 헨젤을 붙잡아 작은 우리에 가두었습니다. 그러고는 그레텔에게 매일 오빠 헨젤에게 먹일 맛있는 음식을 준비하라고 명령했습니다.

마녀는 아침마다 헨젤이 갇혀 있는 우리를 찾아가 말했습니다.

"헨젤, 손을 내밀어봐라."

잡아먹어도 좋을 만큼 토실토실 살이 올랐는지 확인하려는 것이었습니다.

······다 쓰셨나요?

그러면 여러분의 작품을 한번 살펴보기로 하겠습니다.

작품 예시·5

헨젤과 그레텔 ①

못된 마녀는 헨젤을 붙잡아 작은 우리에 가두었습니다. 그러고는 그레텔에게 매일 오빠 헨젤에게 먹일 맛있는 음식을 준비하라고 명령했습니다.

그레텔은 고민에 빠졌습니다. 오빠가 마녀에게 잡아먹히는 것도 무섭지만, 마녀의 말을 거스른다면 자신이 먼저 잡아먹힐지 모르기 때문이지요.

그레텔은 매일 울면서 헨젤에게 맛있는 음식을 가져다주었습니다. 작은 우리에 갇힌 헨젤은 하루가 다르게 토실토실 살이 올랐습니다. 이윽고 마녀에게 잡아먹힐 날도 그리 멀지 않은 듯했습니다.

네, 수고하셨습니다. 이대로 진행된다면 헨젤은 절체절명의 위기를 맞겠군요(웃음).

이 그레텔은 어떤 유형으로 정해서 썼나요?

"D의 타인과의 관계 맺기에도 소극적이고, 매사에도 소극적으로 행동하는 유형입니다."

그렇군요. 이 장면에서 그레텔은 스스로 문제를 해결하려고도 하지 않고, 마녀나 헨젤 등 자신 이외의 캐릭터와 얽히려고도 하지 않았으므로 D 유형이라고 할 수 있겠습니다.

그러면 다른 분의 작품을 한 편 더 살펴보겠습니다.

작품 예시·6

헨젤과 그레텔 ②

못된 마녀는 헨젤을 붙잡아 작은 우리에 가두었습니다.

그러고는 그레텔에게 매일 오빠 헨젤에게 먹일 맛있는 음식을 준비하라고 명령했습니다.

다음 날 아침, 마녀는 그레텔의 비명 소리에 눈을 떴습니다.

"무슨 일이냐, 왜 이리 소란을 피우는 게야!"

비명 소리는 우리 쪽에서 들려왔습니다. 마녀가 헨젤을 가둬둔 우리로 내려가자 거기에는 헨젤이 쓰러져 있었습니다. 헨젤의 몸은 완전히 차가워져 있었고, 그 곁에서 그레텔이 가냘픈 목소리로 흐느끼고 있었습니다.

"대체 이게 다 무슨 일이야?"

마녀가 묻자 그레텔은 빨간 나무 열매 한 알을 손가락으로 가리켰습니다.

"독딸기가 아니냐. 설마 너희 둘 다 이걸 먹었어?"

그레텔은 괴로운 얼굴로 고개를 끄덕였습니다.

"저희는 그저 너무 배가 고파서……"

그 말을 마지막으로 그레텔 역시 몸을 축 늘어뜨리며 마지막 숨을 내쉬었습니다.

"이런 멍청이들을 봤나!"

마녀는 불같이 화를 내며 소리를 질렀습니다.

"독딸기를 먹고 죽다니 나까지 너희들을 먹지 못하게 생겼잖아."

마녀는 씩씩대며 헨젤과 그레텔을 숲속 공터에 내던지고 어디론가 가버렸습니다.

얼마나 시간이 지났을까요?

두 아이는 벌떡 몸을 일으켜 서로의 눈을 쳐다보았습니다.

"계획대로 잘됐어, 헨젤 오빠!"

"아, 그레텔. 독딸기로 마녀를 속일 생각을 하다니. 넌 정말 똑똑하다니까!"

그 후 어른이 된 헨젤과 그레텔은 약국을 열어 크게 성공했다고 합니다.

수고하셨습니다. 대담한 각색이네요. 이 그레텔은 어떤 유형인가요?

"A예요. 타인과의 관계 맺기에도 적극적이고, 매사에도 적극적으로 행동하는 캐릭터입니다."

그렇군요. 헨젤의 대사에서 이 아이디어를 낸 쪽이 그레텔이라는 점, 다시 말해 그레텔이 먼저 적극적으로 행동에 나서는 유형임을 알 수 있습니다. 또 두 사람의 팀워크가 잘 맞는다는 점도 알 수 있었습니다.

그런데 이 작품 예시·6에는 원래의 《헨젤과 그레텔》이야기에 추리소설의 요소가 약간 가미되어 있습니다. 기존의 플롯에 장르를 추가해주는 것 역시 이야기 변주의 폭을 넓히는 방법이 될 수 있다는 의미이지요.

따라서 다음 장에서는 스토리라인은 같아도 장르에 따라 이야기의 분위기가 어떻게 바뀌는지 살펴보도록 하겠습니다.

장르에 변화를 주어
다양하게 변주해본다
① 전문직업물

지난 장에서는 이야기의 구성 요소 중 등장인물의 캐릭터에 변화를 주어 플롯을 변주하는 방법을 알아보았습니다. 이번 장에서는 장르에 대해 다뤄보겠습니다.

④ 장르

이제 장르를 바꿔주면 플롯이 어떻게 달라지는지 실습을 통해 직접 확인해보도록 하겠습니다.

만약 모모타로 이야기의 결말이 새드 엔딩이라면?

모모타로 이야기는 모모타로가 개, 원숭이, 꿩과 함께 성공적으로 도깨비를 물리친 뒤 할아버지와 할머니가 기다리는 집으로 돌아가 오래도록 행복하게 살았다는 것으로 끝이 납니다. 만약 누군가가 여러분에게 이 엔딩을 "새드 엔딩으로 바꿔주세요"라고 요청한다면 어떻게 결말을 맺겠습니까?

"모모타로가 오랜 여행에서 돌아왔을 때는 이미 할아버지 할머니 두 분 모두 돌아가신 뒤였습니다."

"모모타로가 죽인 도깨비 무리의 대장이 사실은 모모타로 의 친아버지였다는 게 밝혀져요."

"집으로 돌아가는 길에 원숭이의 배신으로 모모타로가 암살되고 말아요."

네, 좋습니다. 모두 흥미진진한 결말이네요. 결말을 바꿔주는 것만으로도 이야기의 분위기가 완전히 달라진다는 것을 느끼셨으리라 생각합니다.

이야기를 결말(엔딩)에 따라 분류하면 다음 세 종류로 나눌 수 있습니다.

- **해피 엔딩**
- **새드 엔딩**
- **해피도, 새드도 아닌 엔딩**

이야기의 무대가 되는 시대에 주목하면 다음과 같이 분류할 수 있습니다.

- **역사물**
- **현대물**
- **미래물**

독자의 연령층으로 분류하면 다음 세 종류로 나누어집니다.

- **유아용**
- **아동용**
- **일반용**

이처럼 이야기를 어떤 관점에 따라 분류한 것을 장르라고 합니다. 장르에 대해서는 《대중을 사로잡는 장르별 플롯》에서 상세하게 설명했으므로 꼭 한번 참고해보시기 바랍니다.

장르의 분류

한마디로 '장르'라고 해도 그 분류 방법은 다양합니다.

- 교사물
- 형사물
- 의사물

먼저 위와 같이 주인공의 직업으로 분류하는 전문직업물 장르가 있습니다.

- 학원물
- 법정물
- 의료물

이처럼 주인공이 활약하는 장소에 초점을 맞춰 분류할 수도 있습니다.

- 추리물
- 서스펜스물

- 가족 드라마
- 로맨스물

또한 작품 속에서 다루는 소재별로 분류하는 것도 가능합니다. 《대중을 사로잡는 장르별 플롯》에서는 이런 여러 가지 장르 가운데 특히 전형적인 전개(=템플릿)를 따르는 재난물, 로맨틱 코미디, 히어로물, 버디물, 성공스토리 등 다섯 가지 장르의 플롯 구성 방법에 대해 배워보았습니다.

이 책에서는 이 다섯 가지 외의 장르를 이용해 장르에 변화를 주었을 때 플롯이 어떻게 달라지는지 살펴보도록 하겠습니다.

전문직업물
─만약 모모타로의 직업이 ○○○라면?

세상에는 회사원이나 공무원같이 어디에서나 볼 수 있는 지극히 평범하고 흔한 직업부터 "그런 직업도 있어?" 하는 말이 튀어나올 정도로 특이하고 희귀한 직업까지 다양한 직업이 있습니다.

이번에는 모모타로의 직업을 바꿔주어 모모타로 이야기의 플롯이 어떻게 달라지는지 살펴볼 것입니다. 플롯을 써보기에 앞서 우선 여러분이 알고 있는 또는 들어본 적이 있는 직업을 생각나는 대로 써보기로 하겠습니다. 적어도 50개, 가능하다면 100개를 채워주시기 바랍니다.

"게임에 나오는 직업을 포함시켜도 상관없나요?"

괜찮습니다. 너무 어렵게 생각하지 말고, 일단 머리에 떠오르는 대로 써보십시오.

이 책을 읽고 있는 독자 여러분도 여기서 잠시 책을 덮고 생각할 시간을 가져보시기 바랍니다. 가능하면 그저 생각해보는 것에 그칠 것이 아니라 노트나 컴퓨터, 스마트폰에 써보는 편이 좋습니다. 아시겠지요?

준비되셨나요? 자, 시작!

……다 쓰셨나요?

그러면 여러분이 만든 리스트를 한번 살펴보겠습니다.

아이디어 100

- 회사원
- 공무원
- 요리사
- 파티시에
- 소믈리에
- 건물 청소원
- 굴뚝 청소부
- 편의점 점원
- 우체국 집배원
- 은행원
- 농부
- 어부
- 골프장 소유주
- 채소가게 주인
- 옷가게 점원
- 웨이터
- 택시 운전사
- 양복 재단사
- 모델
- 디자이너
- 화가
- 만화가
- 뮤지션
- 탤런트

- 개그맨
- 디제이DJ
- 방송국 프로듀서PD
- 아나운서
- 카메라맨
- 영화감독
- 작가
- 출판편집자
- 학예사
- 도서관 사서
- 신문기자
- 판사
- 검사
- 변호사
- 경찰관
- 소방관
- 사이버 수사요원
- 해커
- 컴퓨터 프로그래머
- 게임회사 사장
- 보안경비업체 직원
- 건물 경비원
- 대도大盜
- 보석상

- 보석세공사
- 인장 공예사
- 조각가
- 교사
- 학원 강사
- 스포츠 코치
- 스포츠 매니저
- 탤런트 매니저
- 카레이서
- 자동차 정비기술자
- 택배사 직원
- 이사업체 직원
- 해상운송 중개사
- 약재 도매상
- 제약회사 직원
- 철공소 직원
- 광부
- 벌채업자
- 노점상인
- 서커스 단원
- 프리터freeter*
- 여행 가이드
- 비행기 승무원
- 비행기 조종사
- 신부
- 수녀

- 군인
- 용병
- 격투기 선수
- 복서
- 프로 야구선수
- 프로 바둑기사
- 마왕
- 마법사
- 시계 수리공
- 도굴꾼
- 호객꾼
- 다이버
- 레슬러
- 정치가
- 국왕
- 테러리스트
- 사립탐정
- 장의사
- 디지털 장의사
- 유품 정리사
- 노인복지센터 직원
- 카운슬러
- 간호사
- 안과의사
- 임상심리사
- 피아노 조율사

* 아르바이트로 생계를 유지하는 사람.

네, 수고하셨습니다. 정확히 100개를 써주셨네요.

어떠셨나요? 이 가운데 모모타로의 직업으로 설정하면 재미있을 것 같은 직업이 있었나요?

그러면 이제 실습에 들어가보도록 하겠습니다.

[실습 6] 모모타로의 직업을 다른 특정한 직업으로 설정해 기존의 《모모타로》를 각색해주십시오.

플롯을 짜는 데 아직 익숙하지 않은 분들은 다음의 스토리라인을 바탕으로 변경할 부분만 바꿔 써보는 것도 좋습니다.

◆ 강가에 떠내려온 복숭아에서 한 아이가 태어났다. 이를 발견한 노부부가 이 아이에게 모모타로라는 이름을 지어주었다.

◆ 성장한 모모타로는 도깨비를 물리치러 도깨비섬으로 가야겠다고 결심한다.

◆ 도깨비섬으로 향하는 모모타로는 개, 원숭이, 꿩에게 수수경단을 나눠주며 그들을 친구로 맞이한다.

◆ 모모타로 일행은 도깨비섬에 도착한다.

◆ 모모타로 일행은 도깨비를 물리치고 고향으로 돌아와

오래도록 행복하게 살았다.

이 책을 읽고 있는 독자 여러분도 꼭 도전해보시기 바랍니다.

……다 쓰셨나요?
그러면 여러분의 작품을 한번 살펴보기로 하겠습니다.

작품 예시·7

파티시에 모모타로

◆ 19세기. 대대로 내려오는 파리의 노포 과자점인 '르플뢰브[*]' 뒷문에 한 아이가 버려졌다. 주인은 그 아이에게 페시[**]라는 이름을 지어주고 거두어 길렀다.

◆ 파티시에 훈련을 받으며 성장한 페시는 양아버지가 젊은 시절 딱 한 번 맛보았다던, 잊을 수 없는 환상의 과자 '수수경단'을 찾아드리기 위해 일본행을 결심한다.

◆ 일본행 여객선에서 페시는 일본으로 귀향 중인 캐빈 보이[***]

[*] 프랑스어로 강이라는 뜻.
[**] 프랑스어로 복숭아라는 뜻.
[***] 항공기 등의 객실 내에서 승객들에게 편의를 제공하는 승무원.

기지히코, 나이 지긋한 양과자 장인匠人 사루타, 사루타의 손녀딸 이누와 친구가 된다.

◆ 페시 일행은 요코하마에 도착한다.

◆ 페시는 사루타의 말에서 단서를 발견하고 곧바로 교토의 노포 과자점 '고무라켄'을 찾아 떠난다. 당시 일본은 쇄국의 빗장이 풀린 지 얼마 되지 않은 때라, 외국인인 페시에 대한 배척이 심했고, 교토로 향하는 여행길은 험난하기만 했다.

◆ 우여곡절 끝에 여관을 찾아 짐을 푼 페시는 여관에서 요깃거리로 내어준 경단을 맛보는데, 그것이 바로 페시가 간절히 찾던 그 수수경단이었다.

네, 수고하셨습니다. 모모타로를 프랑스인 파티시에로 설정하고 도깨비를 물리치는 이야기가 아니라 수수경단을 찾기 위해 여행을 떠난다는 이야기로 각색되었군요. 꽤 재미있는 구상입니다. 다만 결말에서 너무 쉽게 환상의 과자인 수수경단을 찾게 되면서 다소 용두사미로 끝나는 점이 조금 아쉽습니다. 여기서 무언가 큰 사건을 하나 정도 더 일으킨다면 훨씬 독자들의 흥미를 끌 수 있을 것입니다.

그러면 이제 다른 분의 작품도 한 편 더 소개하겠습니다.

택시 운전사 모모타로

가까운 미래. 태평양 한가운데 떠 있는 인공섬 '도깨비섬'
은 거대 범죄 도시로 악명을 떨치고 있었다. 모모타로는
사방으로 뻗어 있는 간선도로에서부터 좁은 뒷골목까지
이 섬의 모든 길이란 길은 속속들이 꿰고 있는 택시 운전
사이다.

어느 날 밤, 여느 때처럼 손님을 찾아 유흥가를 빙빙 돌고
있던 모모타로는 중상을 입고 쓰러져 있는 사람을 택시에
태운다. 평소에 안면을 트고 지내는 날건달, 일명 몽키였
다. 몽키는 "수수……버섯……"이라는 수수께끼 같은 말
을 남기고 그만 차 안에서 죽고 만다.

시신을 묻어줘야겠다고 생각하는 모모타로 앞에 검은색
벤츠가 무리를 지어 나타나 모모타로의 택시와 추격전을
벌인다. 절체절명 위기의 순간, 뒷골목으로 도망친 모모
타로를 도와준 사람은 페잔트*라는 미녀와 그녀의 남동생

---

* 영어로 꿩이라는 뜻.

셰퍼드였다.

페잔트 남매는 도깨비섬을 장악한 마피아의 보스 고블린에게 복수하기 위해 몇 년 전부터 계획을 세워왔다고 한다. 섬을 지배하고자 한 고블린이 이 섬의 원래 주인이었던 남매의 부모님을 죽였기 때문이다. 몽키는 두 사람의 막냇동생으로 고블린의 비리를 파헤치려다가 살해당한 것이다.

고블린은 독자적인 제조법으로 암암리에 생산한 마약 '수수경단'을 암시장에서 판매하며 막대한 돈을 끌어모으고 있었다. 수수경단을 정제하는 데는 도깨비섬에서만 서식하는 신종 버섯 수수버섯이 반드시 들어가야 했고, 고블린은 섬의 지하에 대량 시설을 만들어 수수버섯을 비밀리에 재배하고 있다.

섬의 모든 길을 속속들이 알고 있는 모모타로는 남매의 부탁을 받고 지하 재배 시설까지 그들을 안내한다.

재배 시설에 도착한 남매는 시설에 폭탄을 설치하여 수수버섯을 모조리 불태운다. 격분한 고블린은 모모타로 일행의 뒤를 쫓지만, 모모타로는 탁월한 운전 실력으로 멋지게 추적을 따돌리고 남매와 함께 무사히 섬 밖으로 탈출하는 데 성공한다.

수고하셨습니다. 모모타로의 직업뿐만 아니라 수수경단이나 개, 원숭이, 꿩의 설정에도 변화를 준 작품이군요.

그런데 **작품 예시·7**과 **작품 예시·8**은 플롯의 구조상에 매우 큰 차이가 있습니다. 혹시 어떤 차이인지 알아챈 사람이 있나요?

"7번 작품은 역사물이고 8번 작품은 미래물이에요."

이야기의 무대가 되는 시대적 배경에 차이가 난다는 말인데, 그 지적도 물론 맞습니다. 그런데 제가 묻는 것은 플롯에 보이는 **구조상의 차이**입니다.

"원작과 7번 작품에서는 원숭이가 죽지 않지만, 8번 작품에서는 죽었다는 점이 달라요."

물론 그것도 맞는 지적입니다. 원숭이의 죽음은 스토리 전개상 분명 큰 차이를 만듭니다. 하지만 이 점이 구조상의 차이는 아닙니다. **작품 예시·8**의 경우 원숭이(몽키)가 죽더라도 그것이 모모타로 일행이 도깨비(고블린)를 물리친다는 **중심 플롯**에는 영향을 주지는 않기 때문입니다.

"……?"

질문이 조금 어려웠던 모양이군요. 이 책을 읽고 있는 독자 여러분도 잠시 책을 덮고 자기 나름대로 답을 생각해보시기 바랍니다.

……생각해보셨나요?

그러면 이제 질문에 대한 답을 말씀드리겠습니다.

작품 예시 · 8에는 작품 예시 · 7에는 있었던 다음 부분이 빠져 있습니다.

◆ 성장한 모모타로는 도깨비를 물리치러 도깨비섬으로 가야겠다고 결심한다.

듣고 보니 '뭐야, 그거였어?' 하고 조금 허탈하다는 생각이 드는 분들도 있겠지요?
"아뇨, 그렇다기보다는……, 그렇게 치자면 그 앞부분도 빠져 있지 않나요?"

◆ 강가에 떠내려온 복숭아에서 한 아이가 태어났다. 이를 발견한 노부부가 이 아이에게 모모타로라는 이름을 지어주었다.

첫머리인 이 부분 말이지요?

네, 매우 좋은 지적입니다. 그러면 순서대로 설명하도록
하겠습니다.

◆ 성장한 모모타로는 도깨비를 물리치러 도깨비섬으로 가
   야겠다고 결심한다.

그럼 먼저 이 대목이 있느냐 없느냐가 왜 플롯의 '구조상
의 차이'를 만드는지 알아보겠습니다.

모모타로 자신이 '도깨비를 물리치겠다'고 결심하는 원작
과 '수수경단을 찾겠다'고 결심하는 작품 예시·7에서는 주인
공이 스스로 자신의 목표를 정하고 있습니다. 달리 말하자면
도깨비섬으로 갈 동기, 일본으로 갈 동기가 주인공 스스로에
게 있었다는 말입니다.

한편 페잔트 남매에게 부탁을 받고 재배 시설로 향하는 작
품 예시 · 8에서는 '고블린을 쓰러뜨리자'라고 결심하는 인물
은 페잔트와 셰퍼드이며, 모모타로는 남매를 도와주는 조력
자에 불과합니다.

따라서 주요 퀘스트*를 수행하는 인물이 작품 예시 · 7에서는

---

* 이야기가 진행되기 위해 등장인물이 수행해야 하는 임무 또는 행동.

모모타로, 작품 예시·8에서는 페잔트 남매로 설정된 점이 구조상의 큰 차이라고 할 수 있습니다.

일반적으로 이야기의 주요 사건과 관련된 동기는 반드시 주인공 자신이 가지고 있지 않으면 안 됩니다. 왜냐하면 주도권을 쥐고 이야기를 끌고 나가는 사람은 플롯 전반에서 행동의 동기와 이유가 분명히 있는 인물이기 때문입니다. 주인공에게 주요 플롯과 관련된 동기가 없다는 건 점차 다른 캐릭터에게 주도권을 빼앗겨 이야기 주변부로 밀려나기 쉽다는 의미입니다.

작품 예시·8이 바로 그런 사례입니다. 중상을 입은 몽키를 택시에 태우는 대목까지는 모모타로가 주인공인 것처럼 보이지만, 페잔트 남매가 등장하고 나서부터는 모모타로의 존재감은 급격히 약해집니다. 이 플롯을 쓴 분도 그것을 어렴풋이 느꼈기 때문인지 마지막에 다시 모모타로를 등장시켰습니다. 하지만 고블린의 수수버섯 재배 시설을 폭발시키며 작중 큰 활약을 펼친 남매와 비교하자면 캐릭터로서 독자의 시선을 잡아끄는 흡입력이 모모타로에게는 부족합니다.

이 부분은 RECIPE 8에서 시점에 관해 다룰 때 다시 이야기할 것이므로 참고하시기 바랍니다.

그러면 다시 이야기를 이어가겠습니다.

◆ 강가에 떠내려온 복숭아에서 한 아이가 태어났다. 이를
발견한 노부부가 이 아이에게 모모타로라는 이름을 지
어주었다.

이 부분이 있느냐 없느냐는 왜 플롯 구조상의 차이가 되지
않는 것일까요?

지금까지 이 책을 순서대로 읽어온 분들은 이미 알고 있으
리라 생각합니다만, 답은 모모타로가 복숭아에서 태어났느
냐 그렇지 않으냐는 이야기의 주요 부분에 해당하는 도깨비
와의 싸움에 직접적인 관계가 없기 때문입니다.*

그러면 문제는, 무엇을 위해 이 부분이 이야기 초반을 장
식하게 되었는지 하는 점인데요. '모모타로는 보통 사람과는
다른 특별한 존재이다'라는 사실을 독자에게 단번에 각인시
키기 위한 연출이라고 생각하면 이해하기 쉬울 것입니다.

다시 말해, 소설 쓰기의 기술 혹은 독자를 사로잡는 기술
이라는 관점에서 볼 때 인물이 태어나는 방식이 비범한가 그렇
지 않은가보다 그것이 주인공의 동기나 행동 원리에 직접적인 영

---

* 복숭아는 귀신을 쫓는다는 속설이 있는 과일로, 복숭아에서 태어난 모모타로에게도 도깨
비를 물리칠 수 있는 힘이 있었다는 설이 있습니다. 하지만 이것은 옛날이야기 속에서 분명
하게 설명되고 있지 않은 사항이므로 이 책에서는 '주요 부분과는 관계가 없다'는 것으로 가
정하겠습니다(저자주).

향을 미치는가 그렇지 않은가, 나아가 이야기의 주요 부분에 영향을 미치는가 그렇지 않은가 하는 점이 훨씬 더 중요합니다.

모모타로가 도깨비를 물리치겠다고 결심한 이유는 무엇이었을까요?

예를 들어, '복숭아에서 태어났다는 콤플렉스에서 벗어나고 싶어!'라는 이유에서라면 이 부분은 중심 플롯에 영향을 미친다고 할 수 있습니다. 하지만 원작인 《모모타로》에서의 모모타로는 자신의 출생 배경과 무관하게 도깨비를 물리치겠다고 결심하지요? 그러므로 이 부분은 플롯의 주요 부분과는 크게 상관이 없다고 할 수 있습니다.

어떠셨나요? 이번 장에서는 장르를 바꿔줌으로써 플롯에 변화를 주는 실습을 해보았습니다만, 장르 가운데 전문직업물 하나를 다루는 데도 내용이 예상보다 길어졌습니다. 그러므로 다음 장에서도 장르를 바꾸어보는 연습을 이어 나가보기로 하겠습니다.

MEMO

장르에 변화를 주어
다양하게 변주해본다

② 호러물

지난 장에서는 장르를 바꿔 플롯을 변주하는 방법, 그중에서도 전문직업물로 각색했을 때 이야기의 분위기가 어떻게 바뀌는지 실습을 통해 알아보았습니다. 지난 장에 이어 이번 장에서도 장르에 관해 계속 다뤄보도록 하겠습니다.

④ 장르

그럼 직업전문물 외에 다른 장르로 바꿔주었을 때 플롯이 또 어떻게 달라지는지 함께 살펴보겠습니다.

이번 장에서는 여름 시즌에 가장 강세인 호러물을 가지고 이야기해보겠습니다.

독자는 왜 공포를 느낄까

여기까지 이 책을 차근차근 읽어온 독자라면 《모모타로》를 각색하는 작업에 어느 정도 익숙해졌으리라 생각합니다. 따라서 이번에는 지금까지 얼마나 실력이 쌓였는지 점검도 해볼 겸 바로 실습에 들어가보기로 하겠습니다.

[실습 7] 《모모타로》를 '호러물'로 장르를 바꿔 각색해주십시오.

아직 플롯을 짜는 데 익숙하지 않은 분들은 다음의 스토리라인을 바탕으로 변경할 부분만 바꿔 써보는 것으로도 충분합니다.

◆ 강가에 떠내려온 복숭아에서 한 아이가 태어났다. 이를 발견한 노부부가 이 아이에게 모모타로라는 이름을 지어주었다.
◆ 성장한 모모타로는 도깨비를 물리치러 도깨비섬으로 가야겠다고 결심한다.
◆ 도깨비섬으로 향하는 모모타로는 개, 원숭이, 꿩에게 수수경단을 나눠주며 그들을 친구로 맞이한다.

◆ 모모타로 일행은 도깨비섬에 도착한다.

◆ 모모타로 일행은 도깨비를 물리치고 고향으로 돌아와 오래도록 행복하게 살았다.

이 책을 읽고 있는 독자 여러분도 꼭 도전해보시기 바랍니다.

준비되셨나요? 그럼, 시작!

……다 쓰셨나요?

그러면 여러분의 작품을 한번 살펴보겠습니다.

작품 예시·9

도깨비의 아이 모모타로

◆ 할머니가 강을 따라 떠내려온 복숭아를 발견한다. 그 복숭아에서 사내아이가 태어나자 할머니는 아이에게 모모타로라는 이름을 지어준다. 복숭아에 매달려 같이 떠내려온 어린 원숭이는 모모타로와 함께 형제처럼 자란다. 어린 원숭이의 이름은 모모지로이다.

◆ 모모타로가 성장해감에 따라 마을 사람들이 사고를 당하

거나 다치는 일이 잇달아 벌어진다.

◆ 그러자 마을에서는 "모모타로는 저주 받은 아이다", "모모타로는 도깨비다"라는 소문이 퍼진다. 모모타로는 소문의 진상을 밝히기 위해 어른이 된 원숭이 모모지로와 함께 도깨비섬으로 떠난다.

◆ 도깨비섬으로 향하는 도중 모모타로와 모모지로는 개와 꿩과 친구가 된다. 얼마 지나지 않아 개와 꿩 역시 습격을 당하지만 아슬아슬하게 죽을 고비를 넘긴다.

◆ 모모타로 일행은 도깨비섬에 도착한다.

◆ 도깨비섬에 무리 지어 터를 잡고 사는 것은 원숭이 도깨비라고 불리는 도깨비들이었다. 사실 모모타로는 원숭이 도깨비 일족의 왕자인데 어쩌다 사람이 사는 마을로 흘러들어가게 되었다. 이에 원숭이 도깨비 일족의 첩자인 모모지로가 모모타로를 고향으로 다시 데려오기 위해 마을에서 사건을 일으킨 것이었다. "할아버지와 할머니에게는 모모타로는 죽었다고 전해줘"라고 모모타로는 개와 꿩에게 부탁한다. 이후 마을에서 모모타로를 본 사람은 아무도 없었다.

네, 수고하셨습니다. 모모타로가 사실은 도깨비 일족의 왕

자였다는 반전으로 결말을 맞이하는군요. 원작에는 없는 캐릭터인 원숭이 모모지로의 등장도 그렇고, 그 모모지로가 마을에서는 물론 도깨비섬으로 가는 도중에 일으키는 사건도 그렇고 곳곳에 새로운 아이디어가 눈에 띕니다.

그런데 이 실습의 과제는 어디까지나 '호러물'이라는 장르로 바꿔 써보는 것이었습니다. 다시 말해 이 작품을 읽는 독자들이 공포를 느끼게 만드는 것이 이 실습의 목표인 셈이지요.

여기서 이 플롯을 쓴 분에게 같은 질문을 해보겠습니다.

이 이야기에서 독자에게 공포심을 불러일으키기 위해 쓴 부분은 어디인가요?

"네. 모모타로의 주변에서 마을 사람들이 사고를 당하거나 다치는 부분과 도깨비섬으로 가는 도중에 친구가 된 개와 꿩 역시 습격을 당하는 부분입니다."

그렇군요. 그러면 그 부분에 관해 조금 더 구체적으로 물어보겠습니다.

모모타로의 주변에서 마을 사람들이 사고를 당하거나 개와 꿩이 습격을 당한다고 왜 독자들이 공포를 느낀다고 생각하지요?

"네? …… 왜냐하면…….."

그렇습니다. 그리 금방 대답이 나올 수 있는 질문은 아니라고 생각합니다. 보통은 그런 것까지 일일이 생각해가며 쓰지는 않으니까요.

괜찮습니다. 이 점에 대해서는 나중에 설명하기로 하고, 지금은 다른 작품을 또 한 편 살펴보기로 하겠습니다.

작품 예시·10

영웅전설

어느 한 강가 마을에 예로부터 전해 내려오는 전설이 있다. 먼 옛날, 마을이 존망의 갈림길에 놓이자 때마침 나타나 마을을 구한 영웅이 있었다.

그 영웅은 지금까지도 마을을 지켜주고 있으며, 마을이 위기에 처하게 되면 개, 원숭이, 꿩과 함께 마을을 구해준다고 한다.

강이 내려다보이는 높은 언덕에는 영웅을 모시는 사당이 있었다. 사당에서는 개와 원숭이와 꿩을 기르고 있었고, 그 앞에는 커다란 복숭아나무도 한 그루 있었다. 마을 사람들은 그 복숭아나무를 마을을 지켜주는 신목으로 모셨고, 나무에 열린 열매는 오로지 영웅만이 맛볼 수 있다고 여겼다.

어느 날, 마을에 사는 한 노파가 사당 안에 쓰러져 있는 모자母子를 발견한다. 엄마는 이미 숨이 다한 상태였지만, 아이는 신목에 열린 복숭아를 먹고 다행히 살아 있었다.

노파는 아이를 집으로 데려와 '모모타로'라는 이름을 지어주고 키우기로 한다. 그 뒤로도 신목의 열매인 복숭아를 먹고 자라난 모모타로는 어른 아이 할 것 없이 마을의 누구에게도 뒤지지 않는 늠름한 소년으로 성장했다.

그로부터 5년이 지났다.

그해는 유난히 큰비가 잦아 마을에까지 종종 범람했다. 논밭은 물에 잠겼고, 아주 오래전에 놓인 낡은 다리도 떠내려가고 말았다.

둑을 다시 쌓고 다리도 새로 놓기 위해 온 마을 사람들이 나섰다. 하지만 도무지 새 다리를 놓을 방도가 없었다. 강 한가운데 가장 깊은 바닥에 주춧돌을 묻어야 했는데, 그일을 해낼 수 있는 사람이 아무도 없었기 때문이다.

주춧돌을 놓고 그 위에 다리를 받치는 기둥을 세울 때까지 강물 속에 있어야 하는 일이었다. 그것은 곧 그 일을 하는 사람의 죽음을 의미했다.

몹시 난감해진 마을 사람들 사이에서 어느샌가 영웅을 찾는 목소리가 새어나오기 시작했다.

"그 아이라면 할 수 있을텐데……"

"모모타로라면 가능하고말고."

그도 그럴 것이 모모타로는 신목의 열매를 먹고 자란 영웅이 아닌가.

몸은 어른보다 클지 몰라도 모모타로는 아직 열 살도 채되지 않은 어린아이였다. 어른들의 말을 거스르지 못한 모모타로는 울면서 무거운 주춧돌을 껴안고 강물 속으로 뛰어들었다.

모모타로의 생명과 맞바꾸어 강에는 훌륭한 다리가 놓이고 마을은 크나큰 위기에서 벗어날 수 있었다.

그 마을에서는 지금도 마을을 구한 모모타로의 전설이 전해 내려오고 있다고 한다.

네, 수고하셨습니다. 모모타로가 희생물이 된 슬프고도 끔찍한 이야기로군요. 이 플롯에는 등장하지 않았지만 개, 원숭이, 꿩에게 무언가 역할이 주어졌다면 훨씬 더 재미있어질 것 같습니다.

여기서 이 플롯을 쓴 분에게도 한번 물어보겠습니다.

이 이야기에서 **독자들에게 공포심을 불러일으키기 위해** 쓴 부분은 어디인가요?

"네. 영웅으로 추앙 받으며 자란 모모타로가 마지막에는 마을 사람들의 강압으로 희생물이 되어버린 부분입니다."

그렇군요. 그러면 영웅으로 떠받들어지며 자란 모모타로가 마을 사람들의 등쌀에 못 이겨 희생물이 되어버리면 왜 독자들은 공포를 느끼나요?

"뭐랄까, 말로 잘 표현하기가 어려운데요. 내가 실제로 그런 일을 겪게 된다면 어떨까, 내가 같은 처지가 된다면 얼마나 무섭고 끔찍할까, 그런 생각을 할 것 같기 때문입니다."

그렇습니다! 정답입니다.

비단 호러물에만 한정된 이야기가 아니라 어떤 장르든 독자들이 이야기에 감정이입하기 위해서는 **공감할 수 있는 부분**이 반드시 있어야 합니다. 만약 내가 이런 입장이 된다면, 이런 상황에 처한다면 기쁠 것이다, 슬플 것이다, 즐거울 것이다, 괴로울 것이다 하고 가슴 깊이 공감하게 될 때 비로소 독자들은 이야기에 빠져들 수 있습니다.

호러물 장르에서 사람들이 기대하는 주요 감정은 공포감, 불안감, 긴장감, 혐오감 등입니다. 우리 작가들은 어떻게 해야 독자들의 감정을 그런 방향으로 끌어갈 수 있을지를 항상 염두에 두고 플롯을 짜야 합니다.

디테일이 공포를 증폭시킨다

지금까지 이야기한 내용을 바탕으로 여러분이 쓴 두 개의 플롯을 살펴보기로 하겠습니다.

작품 예시·9를 쓴 분은 모모타로의 주변에서 마을 사람들이 사고를 당하거나 개와 꿩이 습격당하는 대목에서 독자들이 공포를 느낄 것이라고 생각했습니다.

자, 그러면 작품 예시·9를 읽은 여러분은 이 플롯이 공포스럽게 느껴지셨나요?

"솔직히 그다지 무섭지 않았어요."

"플롯 단계가 아니라 작품으로 완성된 후에 전체를 읽어보면 공포심을 느낄지도 모르겠지만, 현재 단계에서는 그다지 무섭다는 느낌은 못 받았어요."

"호러물이라기보다 추리소설 같은 느낌이 들었어요."

네, 다들 꽤 솔직하게 의견을 내주셨네요. 그렇습니다. 이대로는 호러물로서 독자들을 이야기에 빠져들게 하는 흡입력이 부족한 느낌입니다. 왜 흡입력이 부족하게 느껴지는지 말해볼 사람이 있나요?

"저희가 읽은 게 개요 중심으로 쓰인 글이다 보니 플롯에 담긴 내용 자체가 적어 그런 게 아닐까요?"

"어쩐지 나와는 상관없는 이야기처럼 느껴져서요."

"마을 사람들이 어떤 사고를 당했는지, 개나 꿩이 어떤 식으로 습격을 당했는지가 구체적으로 쓰여 있지 않아서요."

맞습니다. 모두 정답입니다. 그러면 여기서 여러분의 의견을 조금 더 이해하기 쉽게 잠깐 정리해보겠습니다.

첫 번째 분과 세 번째 분이 낸 의견, 즉 '플롯에 담긴 내용이 적다', '구체적으로 쓰여 있지 않다'는 요컨대 **정보량이 적기 때문에 공포를 느끼지 않는다**는 말입니다. 그러면 어떤 정보가 들어 있을 때 독자들은 공포를 느낄까요?

먼저 세 번째 분의 의견처럼 어떤 사고를 당했는지, 어떤 식으로 습격을 당했는지 구체적이고 세밀하게 써주는 것이 필요합니다. 즉 디테일을 살려 자세하게 써주는 것입니다.

◆ 모모타로가 성장해감에 따라 마을 사람들이 사고를 당하거나 다치는 일이 잇달아 벌어진다.

이 문장에서는 일단 '사고'라는 말로 뭉뚱그려져 있지만, 그 종류는 실로 다양합니다. 예를 들어, 들개에게 공격당한다거나, 일하는 도중 낫이나 괭이 같은 농기구에 다친다거나, 우물에 빠지는 등 비교적 실제로 일어날 법한 사고가 있을 것입니다. 아니면 끈 같은 물건이 저 혼자 움직여 사람 목을 조른다거나, 도깨비불에 홀려 못에 빠진다거나 하는 일상에서는 거의 일어나지 않는 기이한 사고도 있을 것입니다. 혹은 식중독이나 전염병 같은 종류도 넓은 의미에서는 '사고'에 포함될 수 있습니다.

마을 사람들이 어떤 사고를 당하느냐에 따라 공포의 정도는 달라집니다. 온몸의 털이 삐쭉 설 정도로 무시무시한 것일 수도 있고, 긴장감과 공포심을 자극하는 한편 궁금증까지 유발하는 것일 수도 있습니다. 물론 플롯 구성 단계에서 모든 것을 다 나열할 필요는 없습니다. 다만 적어도 '우물에 빠진다', '도깨비불에 홀린다' 등 공포의 유형 정도는 파악할 수 있도록 설명해두는 편이 좋습니다. 그래야만 나중에 그 기준에 맞게 아이디어를 확장해나갈 수 있을 뿐 아니라, 이야기를 전개해나가기도 한결 수월해집니다.

디테일을 살릴 수 있는 또 한 가지 방법은 시각적 효과입니다. 일반적으로는 백주대낮의 거리보다 어둑한 지하통로가 어쩐지 으스스한 느낌을 전달하고, 덤불 속에서 치와와가 뛰어나오는 것보다 회색곰이 출현하는 게 공포를 더욱 크게 유발합니다. 소수 마니아의 전유물이었다가 이제는 대중에게 친숙한 장르로 자리 잡은 좀비물의 경우, 썩어 문드러진 시체가 가져다주는 시각적 충격이 공포를 유발하는 방아쇠 역할을 하기도 합니다. 또 다른 예로 호러물의 고전으로 꼽히는 〈플라이〉(1986년, 미국)나 〈엑소시스트〉(1973년, 미국) 같은 영화는 시각적 공포로 관객을 압도하는 연출을 아주 잘 보여주었습니다.

지금까지 독자들에게 공포심을 불러일으키기 위해서는 무슨 일이 일어나고 있는지를 구체적으로 써주는 것과 시각적 효과를 이용하는 것, 이 두 가지 방법이 필요하다고 말했습니다. 다소 간략하게 설명했지만, 어느 정도 감이 잡히셨으리라 생각합니다.

이어서 두 번째 분의 의견인 '어쩐지 나와는 상관없는 이야기처럼 느껴진다'는 이유에 대해 조금 더 자세히 다뤄보기로 하겠습니다.

내가 직접 겪는 것처럼 공포를 느끼게 한다

책을 읽거나 영화를 보면서, 혹은 누군가의 이야기를 들으면서 마치 내 일인 양 기뻐하거나, 마음을 졸이거나, 무슨 수라도 써야 한다고 안달복달한 경험은 누구나 한 번쯤 있을 것입니다.

그런 반면에 소설이나 드라마의 주인공이 절체절명의 위기에 처했더라도, 심지어 아는 사람이 극심한 어려움을 겪고 있다 하더라도 별다른 감흥이 일지 않는 경우도 있습니다. 이런 차이는 어디에서 온다고 생각하나요?

"그 일에 관심이 있느냐 없느냐가 차이를 만들어요."

"자신과 직접 연관이 있느냐 없느냐에 달렸어요."

"그날의 기분이나 몸 상태에 따라 다를 것 같아요."

"자신과 가까운 사람이냐 아니냐에 따라 달라진다고 생각해요. 친구라면 함께 기뻐하거나 고민하겠지만, 잘 모르는 사람이라면 별로 관심이 안 갈 듯해요."

맞습니다. 모두 다 정답입니다. 다만 세 번째 대답에 대해서라면 우리 작가들은 독자들의 그날의 기분이나 컨디션까지 조절할 수 없으므로 이번 장에서는 다루지 않기로 하겠습니다. 그 밖의 대답에 대해서는 순서대로 함께 살펴보기로 하겠습니다.

먼저 그 일에 관심이 있느냐 없느냐에 대해 생각해봅시다.

일반적으로 우리는 우연히 우리 눈에 들어온 무언가가 좋은지 싫은지, 관심이 생기는지 그렇지 않은지를 직관적으로 느낍니다. 인터넷 서점에서 책을 고를 때나, 넷플릭스에서 어떤 영화를 볼지 고민할 때를 머릿속에 떠올려 보십시오. 수없이 많은 책과 영화 가운데 어느 하나를 선택해야 할 경우 여러분은 어떤 기준으로 결정하나요?

아마존이나 넷플릭스, 유튜브 같은 온라인 플랫폼에서는 소비자의 구매 이력이나 시청, 열람 이력 등을 분석해 취향에 맞는 작품을 '추천'해주는 서비스가 있습니다. 물론 추천이라 해서 모든 작품을 빠짐없이 챙겨보는 사람은 거의 없지 않을까 싶습니다. 대개는 '추천'이라는 말로 좁혀진 선택지 가운데 자신의 취향에 맞게 선택할 것입니다.

이럴 때 여러분이라면 무엇을 기준으로 책이나 영화를 선택하나요?

"좋아하는 감독이 연출했거나 좋아하는 배우가 출연하는 영화를 선택합니다. 책이나 만화라면 좋아하는 작가의 작품을 고르고요."

"영화나 책, 만화 같은 경우에는 포스터나 표지가 마음에 들면 한번 볼까 하는 마음이 생겨요."

"줄거리를 한번 훑어보고 재미있어 보이면 일단 보는 편입니다."

네, 여러분의 대답 잘 들었습니다. 말하자면 여러분 마음속에는 이미 '좋아하는 장르', '좋아하는 작가', '좋아하는 그림 스타일', '좋아하는 줄거리' 등에 관한 정보가 있고, 이러한 정보와 비교해서 볼 만하다는 판단이 서면 읽거나 보는 행동으로 이어지는 것이군요.

먼저 독자들에게 '좋아하는 작가'로 꼽힐 정도의 작가가 되려면, 최소 한두 권 이상의 책을 출간한 경험이 있어야 할 것입니다. 따라서 작가로 데뷔하기 전인 여러분에게는 해당이 안 되는 말입니다.

또 이 책은 소설이나 드라마 등 스토리텔링이 있는 작품을 어떻게 쓰는지 알려주는 매뉴얼과 같은 책이므로, '좋아하는 그림 스타일'에 대해서도 여기서는 제외하기로 하겠습니다.

그렇다면 여러분에게 남은 기회는 '재미있는 줄거리'밖에 없습니다. 줄거리는 플롯보다 더 짧고 길어야 고작 몇 줄에 불과합니다. 그럼에도 독자들은 "재미있어 보인다"라며 그에 관심을 보이는 경우가 있습니다. 왜 그럴까요?

사람들에게는 저마다 마음이 끌리는 특정 단어, 즉 **취향의 키워드**가 있기 때문입니다.

이번 장의 주제인 호러물을 두고 이야기한다면, "호러물이라면 뭐든지 좋다"라고 말하는 사람이 있는가 하면 "오컬트* 호러물은 질색이지만, 살인마가 쫓아오는 이야기는 좋아한다",

"좀비물을 좋아한다" 등등 여러분 마음속에 호러에 대한 자기 나름의 취향이 있을 것입니다. 이 경우의 '호러물', '오컬트', '살인마', '좀비' 등은 모두 여러분이 무의식적으로 취사선택한 키워드입니다.

여러분이 앞으로 쓰게 될 이야기 속에 독자들의 눈길을 사로잡는 취향의 키워드가 포함되어 있다면, 그것만으로도 선택될 가능성이 높아질 것입니다.

이러한 키워드를 찾아내는 방법에 대해서는 《스토리텔링 7단계》에서도 자세히 설명하였으므로, 관심이 있는 분은 꼭 읽어보시기 바랍니다.

이어서 자신과 직접 연관이 있느냐 없느냐, 혹은 자신과 가까운 사람이냐 아니냐에 대해서 알아보겠습니다.

보통의 경우 독자들은 주인공에게 공감하는 부분이 많으면 많을수록 더 강하게 감정이입합니다.

라이트 노벨의 주인공이 대부분 10대에서 20대 초중반의 비교적 어린 남성으로 설정되는 이유는 타깃이 되는 독자층이 바로 그 세대 아이들이기 때문입니다.

---

* 과학적으로 증명할 수 없는 신비하고 초자연적 현상.

다른 장르 역시 마찬가지입니다. 예를 들어, 권태기에 접어든 부부의 일상을 담담하게 그린 소설을 10대 독자가 완전히 몰입해서 읽는 일은 전혀 없지는 않지만 드물 것이며, 50~60대 남성이 10대 소녀를 주인공으로 한 로맨틱 코미디에 정신없이 빠져들어 읽는 일도 상당히 드물 것입니다.

그런 점에서 보자면, 호러물에는 다른 장르에 비해 독자들이 압도적으로 감정이입하기 쉬운 특정 구조가 있습니다.

아래 그림은 인간의 욕구와 관련해 가장 널리 알려진 매슬로의 욕구단계이론Maslow's hierarchy of needs theory 모형입니다. 욕

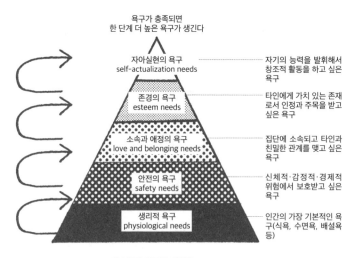

매슬로의 욕구단계이론

구단계이론에 따르면, 인간에게는 선천적으로 내재된 욕구가 있으며, 이 욕구는 강도와 중요성에 따라 크게 다섯 단계로 이루어지는데, 하위 단계의 욕구가 어느 정도 충족되어야 그다음 단계의 욕구가 발생한다고 설명하는 이론입니다.

이 다섯 가지 욕구를 단계별로 설명하자면, 먼저 피라미드의 밑바닥 가장 넓은 곳에 배치된 것이 욕구의 첫 번째 단계인 생리적 욕구입니다. 먹고, 자고, 배설하는 등 생명을 유지하기 위한 가장 기본적이고 강력한 욕구로, 인간의 생존과도 관련이 있습니다.

일단 생리적 욕구가 어느 정도 채워지고 나면 두 번째 단계인 안전의 욕구가 생겨납니다. 이 안전의 욕구는 고통이나 위험으로부터 보호되고 안전하게 생활하기를 바라는 욕구로, 신체적 안전뿐만 아니라 정서적 안전, 경제적 안전까지 모두 포함합니다.

그다음으로 생겨나는 것이 세 번째 단계인 소속과 애정의 욕구입니다. 인간은 그저 안전하게 생활하는 것만으로는 부족함을 느끼고, 어느 집단에 소속되거나 구성원들에게 받아들여지기를 원하고 그들과 친밀한 관계를 맺고 싶어 합니다. 가족이나 학교, 회사 등 공동체에 소속되고 싶은 욕구, 타인과 어울리며 사랑하고 사랑받고 싶은 욕구, 가족을 이루고 싶은 욕구 등이 여기에 해당합니다.

세 번째 단계까지의 욕구가 어느 정도 충족되면 이번에는 네 번째 단계인 **존경의 욕구**가 생겨납니다. 어느 집단이나 공동체에 소속될 뿐만 아니라 그 안에서 존중받고 자신이 가치 있는 존재임을 인정받기 원하는 욕구입니다. 즉, 자기 자신에 대해 타인이 높게 평가해주기를 바라는 욕구로 흔히 말하는 명예욕, 권력욕 등도 이 단계에 해당합니다.

존경의 욕구가 어느 정도 충족되기 시작하면 드디어 피라미드 맨 위쪽에 위치한 **자아실현의 욕구**가 생겨납니다. 이것은 자신의 가능성이나 능력을 최대한 발휘하고 싶어 하고, 자신이 이룰 수 있는 것 혹은 될 수 있는 것을 성취하고 싶어 하는 욕구입니다.

글쓰기와 별반 관계가 없어 보이는 내용을 왜 구태여 길게 설명했느냐 하면, 이 다섯 가지 욕구는 인간이라면 누구나 **보편적으로 지니고 있는 욕구**이기 때문입니다. 중요한 사항이므로 다시 한번 강조해 말하겠습니다. 인간이라면 **누구나 보편적으로 지니고 있는 욕구**입니다. 인종, 나이, 성별, 종교, 학력, 빈부, 국적 등과 무관하게 누구나 태어날 때부터 갖고 있는 욕구, 즉 누구나 쉽게 공감할 수 있고 쉽게 감정이입할 수 있는 욕구라는 말입니다.

평소에는 그다지 의식하지 못했을 수도 있겠지만, 욕구의 이면에는 반드시 공포가 존재합니다.

"실패하면 어떡하지?", "잃게 되면 어떻게 해야 하지?" 하는 두려움이나 불안감 같은 감정이 그것입니다.

그런 점에서 인간이라면 누구나 보편적으로 지니고 있는 이 다섯 가지 욕구가 충족되지 않는 상황 혹은 박탈되는 상황을 그리면 누구나 공감할 수 있는 호러물의 기본 뼈대를 갖출 수 있다고 말할 수 있습니다.

이해를 돕기 위해 예를 들어 설명하겠습니다.

생리적 욕구를 위협하는 호러물의 경우라면 말 그대로 '생명의 위기에 처한다'는 이야기를 예로 들 수 있습니다. 사이코패스에게 살해당한다, 좀비나 괴물 등 비현실적인 적에게 잡아먹힌다 등등이 이에 해당됩니다.

이것을 모모타로 이야기에 응용해보자면, 가령 모모타로가 살고 있는 마을의 뒷산에 도깨비 무리가 터를 잡고 살면서 밤이면 밤마다 마을 사람들을 잡아다가 죽인다, 할아버지도 할머니도 살해당하고, 개, 원숭이, 꿩도 도깨비에게 잡아먹힌다, 홀로 살아남은 모모타로는 사당으로 도망쳐 가까스로 몸을 숨기지만, 밖에서 어슬렁거리는 도깨비들에게 발각되어 잡아먹히게 되는 건 시간 문제였다는 식으로 전개해나갈 수 있을 것입니다.

안전의 욕구를 위협하는 호러물이라면 '평온한 일상이 위기에 처한다'를 예로 들 수 있습니다. 원인을 알 수 없는 전염병이 돌아 졸지에 건강을 잃어버렸다거나 어느 날 갑자기 자신의 주변 환경이 바뀌어버렸다 등의 이야기로 만들 수 있습니다.

이것 역시 모모타로 이야기에 응용해보자면, 예를 들어 허물없는 단짝 친구인 개, 원숭이, 꿩과 바다낚시를 나간 모모타로는 큰 폭풍에 휩쓸려 한 외딴 작은 섬에 떠밀려간다, 그섬은 오로지 도깨비들만이 모여 사는 도깨비섬이었다, 섬의 비밀이 밖으로 새 나가지 않도록 도깨비들은 모모타로 일행을 감옥에 가둔다, 그 후 모모타로 일행은 도깨비들의 수상쩍은 의식에서 재물로 바쳐질 위기에 직면한다는 식으로 전개해나가는 것입니다.

소속과 애정의 욕구를 위협하는 호러물이라면 '지금까지 자신이 속해 있던 집단 또는 공동체가 위기에 처한다', '소속 집단에서 따돌림을 당한다'와 같은 플롯을 생각할 수 있습니다. 누군가에게 집요하게 괴롭힘을 당하고 그로 인해 원만한 가정에 풍파가 인다, 어느 날 갑자기 학교 친구들에게 괴롭힘의 대상이 된다 등의 유형이 이에 해당합니다.

마찬가지로 모모타로 이야기에 응용해보자면, 예를 들어 모모타로가 나고 자란 마을에는 정체를 숨기고 조용히 숨어 사는 도깨비라도 반드시 찾아내어 죽이는 풍습이 있다, 어느 날 모모타로는 자신의 몸에 이변이 일어났음을 알아챈다, 몸의 변화가 진행되면서 자신이 도깨비로 변해가고 있음을 깨달은 모모타로는 필사적으로 그 사실을 숨기려고 한다, 이윽고 그는 마을 사람 중에서도 가장 위험천만한 인물에게 비밀을 들키고 만다는 식의 전개도 괜찮을 것입니다.

존경의 욕구를 위협하는 호러물의 경우라면 '가족을 잃는다', '연인이 변심한다', '천신만고 끝에 차지한 지위나 명예를 최악의 형태로 잃게 된다'와 같은 유형이 흔히 사용됩니다. 누군가에게 약점을 잡혀 지속적으로 협박당하면서 서서히 궁지에 몰리게 되는 유형의 이야기는 심리 호러물*의 정석 가운데 하나입니다. 또 스토커의 공격이 자신이 아니라 연인이나 가족에게 향하는 유형의 이야기 역시 '자신을 가장 사랑해주는 사람의 위기'라는 형태이므로 존경의 욕구가 위협받는 호러물이라고 할 수 있습니다.

---

* 큰 소리나 갑작스러운 장면 전환 등으로 유발되는 공포가 아니라 정신적, 정서적, 심리적 상태에 초점을 두어 독자나 관객을 놀라게 하거나 혼란하게 만들거나 섬뜩함을 느끼게 만드는 호러물의 하위 장르 중 하나.

이것을 모모타로 이야기에 응용해보자면, 앞에서 나온 플롯을 약간 바꿔서 모모타로가 도깨비로 변해가고 있다는 사실을 눈치챈 마을 사람 가운데 한 사람—모모타로와 동년배의 젊은이 또는 평소에 모모타로를 질투하는 인물이라면 효과적입니다—이 "앞으로 뭐든 내가 시키는 대로 하지 않으면 비밀을 다 폭로하는 수가 있어"라며 모모타로를 협박하고, 소중한 친구인 개와 원숭이, 그리고 연인인 꿩도 빼앗고 만다는 식으로 전개해나가면 이 유형의 호러물이 됩니다.

마지막으로 자아실현의 욕구를 위협하는 호러물에 대해 살펴보겠습니다. 이것은 주인공에게 명확한 꿈이나 목표가 있을 때 그 꿈이나 목표를 이루는 데 치명적인 방해 요소가 되는 사건이나 인물이 존재한다는 형태로 이야기를 만들 수 있습니다.

예를 들어, 월드 챔피언이 목표인 권투 선수가 있다고 합시다. 앞으로 한 시합에서만 이기면 그 꿈을 이룰 수 있다, 그런데 그때 그의 어두운 과거를 알고 있는 인물이 나타나 "만천하에 너의 민낯이 까발려지고 싶지 않다면 이번 시합에서는 적당히 져줘야겠어. 무슨 말인지 알지?"라며 협박한다는 식으로 이야기를 진행시킬 수 있습니다. 혹은 지금껏 혈혈단신 고단한 삶을 살아온 여자 주인공이 마침내 사랑하는 사람과 결혼하게 되었지만, 남편에게는 맹목적으로 아들에게 극성인 시어머니, 얄미운 시누이, 거기에 남편의 소꿉친구인 여성까지 있다, 그들은 집요하고 의뭉스럽게 여자 주인공을 괴롭히며 부부 사이를 갈라놓으려고 한다는 식의 '광기 어린 악의'를 소재로 다룬 호러물도 이 유형에 해당합니다.

"저, 질문이 있는데요."

네, 말씀하세요. 질문이 뭔가요?

"방금 예로 든 두 개의 플롯 말인데요. 자아실현의 욕구가 아니라 소속과 애정의 욕구나 존경의 욕구를 위협하는 호러물에 해당되는 플롯이 아닌가요?"

좋은 질문이네요. 맞습니다. 앞의 플롯은 '월드 챔피언이 되고 싶다=주변 사람들에게 존경받고 인정받는 존재가 되고 싶다'라고 해석하면 존경의 욕구가 되고, 다음 플롯은 '사랑하는 사람과 결혼하고 싶다=가족이나 집단에 소속되고 싶다'라고 해석하면 소속과 애정의 욕구에 해당합니다.

하지만 똑같이 월드 챔피언을 목표로 한다고 해도 그 동기가 '월드 챔피언 자리에 올라 주변으로부터 존경받고 싶다'가 아니라 '자신의 잠재력과 가능성을 유감없이 발휘하고 싶다'라는 것이라면, 이는 자아실현의 욕구에 바탕을 둔 행동이 됩니다.

그다음의 '사랑하는 사람과 결혼하고 싶다'는 것 역시 마찬가지입니다. '그와 가족을 이루고 평생을 함께하고 싶다'가 아니라 '그와 함께해야만 자신이 최고로 행복해질 수 있다'는 것이 동기라면, 그것은 자아실현의 욕구에 해당합니다.

"그런데 동기가 무엇이 됐든 행동은 똑같잖아요? 그렇다면 월드 챔피언의 꿈을 위협하는 플롯은 존경의 욕구의 경우든 자아실현의 욕구의 경우든, 결국은 플롯이 똑같아지는 게 아닐까요?"

네, 그 말이 맞습니다. 월드 챔피언의 꿈을 위협하는 '사건' 자체에 주목하면 주인공의 욕구가 존경의 욕구든 자아실현의 욕구든 이야기는 비슷한 흐름으로 진행될 것입니다.

하지만 여기서 주의해야 할 점은 주인공의 욕구가 다르면 공포를 느끼는 지점도 달라진다는 것입니다. 좀 더 이해하기 쉽게 월드 챔피언의 꿈을 위협받는 이야기를 다시 꺼내보겠습니다.

가령 월드 챔피언의 꿈이 존경의 욕구에서 비롯된 것이라면, 주인공이 공포를 느끼는 지점은 바로 이런 것이 됩니다.

"만약 월드 챔피언의 꿈이 좌절된다면, 지금까지 나의 모든 노력은 물거품이 되고, 지난 나의 인생은 아무것도 아니게 된다."

이것은 주인공에게 공포를 느끼게 만드는 쪽, 즉 협박꾼이 으름장을 놓는 장면을 떠올려보면 조금 더 쉽게 차이를 알 수 있습니다. 예를 들어 이런 것입니다.

"잘 들어. 아무것도 모르고 줄곧 너 같은 인간에 열광해온 사람들, 그러니까 그게 가족이든 연인이든 친구든 한순간에 널 경멸하게 만들어줄 수 있어."(존경의 욕구에 대한 위협)

"지금까지 네가 살아온 시간들, 권투에 받쳐온 너의 모든 시간들이 한순간 의미 없는 것이 된다면 기분이 어떨 것 같아? 너에게 이제 삶의 이유란 없어. 넌 이제 끝이라고!"(자아 실현의 욕구에 대한 위협)

어떻습니까? 이 두 장면을 비교해보면 주인공이 느낄 기분도, 협박꾼이 놓는 덫의 종류도 다르게 느껴지지 않나요?

지금까지 인간이라면 누구나 보편적으로 지닌 욕구가 충족되지 않거나 박탈되는 상황을 살펴봄으로써 호러물의 뼈대를 만드는 법, 이를 통해 독자들의 공감이나 감정이입을 끌어내는 방법에 대해 소개했습니다.

지난 장과 이번 장에 걸쳐 이야기의 장르를 바꿔, 구체적으로는 전문직업물과 호러물로 바꿔 다양하게 플롯을 변주해보았는데요, 다음 장부터는 시점을 바꿔주면 플롯이 어떻게 달라지는지 함께 살펴볼 것입니다.

MEMO

시점에 변화를 주어
다양하게 변주해본다

스토리라인이 같더라도 구성 요소를 조금 바꿔주는 것만으로도 플롯은 무한대로 변주될 수 있습니다. 앞의 두 장에서는 장르에 변화를 주어 플롯을 짜보았습니다. 이번 장에서는 시점에 대해 다뤄보겠습니다.

⑤ 시점
이제 시점에 변화를 주면 플롯이 어떻게 달라지는지 알아보도록 하겠습니다.

이 책에서 말하는 '시점'이란 ① 어느 정도 거리에서, ② 어느 각도로 독자들에게 이야기를 보여줄 것인가를 뜻합니다. 말하자면 영화나 TV 드라마를 만들 때 카메라를 어느 위치에 두고 촬영할 것인가 하는 문제와 같은 맥락이라고 할 수 있습니다.

같은 이야기라고 해도 시점, 즉 화자와 독자와의 거리 및 서술 각도에 따라 독자들이 받는 인상은 상당이 달라집니다.

이제 예를 들어 살펴보기로 하겠습니다.

시점과 거리 1—부감 시점

사람들은 보통 멀리 떨어진 곳에서 일어난 일보다 자기 주변에서 벌어지는 일을 더 생생하게 받아들입니다. 또 멀리 있는 사람보다 눈앞에 있는 사람에게 더 큰 관심이 가기 마련이지요. 차가 충돌하는 교통사고 장면도 높은 빌딩 옥상에서 내려다보는 것보다 눈앞에서 목격하는 것이 시각적으로나 심리적으로 받는 충격이 훨씬 큽니다.

그러면 다음 글을 한번 읽어보겠습니다.

서커스 공연이 펼쳐지는 상설공연장 안은 형형색색 화려한 조명으로 밝게 빛나고 있었습니다. 공중에 매단 밧줄 위에서는 두 명의 피에로가 걷고 뛰고 날아다닙니다. 한 피에로는 빨간 옷을 입었고, 또 한 피에로는 흰색 옷을 입

고 있습니다.

이 글을 읽은 여러분의 머릿속에는 형형색색 화려한 조명으로 빛나는 공연장 내부와 밧줄 위에 있는 두 명의 피에로의 이미지가 떠오를 것입니다.

빨간 옷을 입은 피에로가 저글링을 시작했습니다.
흰옷을 입은 피에로가 공굴리기를 시작했습니다.

이어서 위의 글을 읽은 여러분은 빨간 옷을 입고 저글링을 하는 피에로와 흰옷을 입고 공굴리기를 하는 피에로의 이미지를 자연스럽게 떠올릴 것입니다. 독자 여러분은 아직 어느 쪽의 피에로에게 주목해야 할지 현재 시점에서는 알 수 없습니다. 여러분과 두 명의 피에로 사이의 거리는 동일하며, 각각의 피에로에 대한 설명 또한 거의 동일한 수준에 있기 때문입니다. 따라서 여러분의 시선은 작품 속에서 무언가 새로운 사건이 일어날 때마다 그쪽으로 자연히 향하게 될 수밖에 없습니다.

이 책에서는 이러한 서술 방법으로 독자에게 이야기를 전달하는 방식을 부감俯瞰 시점이라고 부르기로 하겠습니다. 장면 전체를 일정한 거리를 유지한 채 두루 내려다보기는 해도 한 명 한 명의 등장인물의 내면세계로는 들어가지 않는 방식입니다.

장면 전체를 시야에 다 담기 위해서는 멀리 떨어진 곳에서 내려다보지 않으면 안 됩니다.

앞에서도 말했다시피 멀리 떨어져 거리를 두고 바라볼 때 사람들은 대체로 객관적 입장에서 전체를 바라볼 수 있는 시각을 지니게 됩니다. 또 '강 건너 불구경'이라는 말이 있듯이, 멀리 떨어져 있는 사람에게 일어난 일은 '나와는 상관없다', '남의 일이다'라고 생각하기 쉽습니다.

따라서 장면 전체를 한눈에 바라볼 수 있는 경우에는 거기에서 실제로 무슨 일이 일어났는지, 어떤 사건이 진행되고 있는지 손쉽게 파악할 수 있습니다. 한 명 한 명의 인물에게 집중해서 감정이입하지 않더라도, 독자들은 사건 자체에 감정이입해서 즐길 수 있는 것입니다.

옛날이야기나 신화, 전설, 역사소설, 또는 전쟁이나 전투를 소재로 한 전기물戰記物 등은 부감 시점에서 서술된 경우가 많은데, 누구나 이런 이야기에 푹 빠져 재미있게 읽은 경험이 있을 것입니다.

또 이미 고전으로 통하는 아이작 아시모프의 SF 작품이나 마이클 크라이튼의 《쥐라기 공원》 시리즈처럼, 독자적인 세계관 설정이나 그곳에서 일어나는 사건 자체로 독자들을 즐겁게 해주는 이야기 유형에도 부감 시점이 어울린다고 할 수 있습니다.

소설 《쥐라기 공원》,
마이클 크라이튼 지음

시점과 거리 2―비하인드 뷰

이어서 다음의 글을 한번 읽어보겠습니다. 앞의 글에 이어지는 내용이지만, 시점의 위치가 바뀌고 있으므로, 이에 따라 어떤 점이 달라지는지 눈여겨 봐주시기 바랍니다.

흰옷을 입은 피에로는 공 위에 올라서서 공을 굴리며 빨
간 옷을 입은 피에로를 쫓아가기 시작했습니다. 술래잡기
의 시작입니다. 흰옷을 입은 피에로는 몇 번이고 빨간 옷
을 입은 피에로를 거의 따라잡을 뻔했지만, 매번 아슬아
슬하게 놓칩니다. 흰옷을 입은 피에로는 조바심에 급기야
공을 차고 날아올라 빨간 옷을 입은 피에로를 붙잡으려고
했습니다. 하지만 이번에도 실패한 흰옷을 입은 피에로는
밧줄 위에서 발을 헛디디고 말았습니다.

어떠셨나요? 이번에는 독자인 여러분의 시선은 흰옷을 입
은 피에로를 쫓아가게 되지 않았나요?

그러면 어떤 차이가 있기에 그럴까요? 이 글의 거의 모든 주어가 '흰옷을 입은 피에로'로 고정되어 있기 때문입니다.

3인칭 시점에서 작품 속의 한 인물에게만 오로지 초점을 맞춰 써내려가는 방식을 이 책에서는 '비하인드 뷰'라고 부르기로 하겠습니다. 독자들이 어떤 한 인물의 등 뒤, 즉 비하인드에서 이야기의 세계를 들여다보는 것과 같은 효과가 있기 때문입니다. 이처럼 특정 인물의 시점을 독자들이 그대로 따라가게 되는 경우, 그 인물을 시점인물이라고 합니다. 다시 말해 독자들은 시점인물의 눈에 비친 이야기의 세계만을 체험하게 되는 셈이지요. 시점인물이 주인공인 경우가 있는가 하면, 주인공이 따로 있는 경우도 있습니다. 여기서는 주인공과 시점인물은 같은 인물일 수도 있고 아닐 수도 있다는 점만 기억해두시기를 당부합니다.

비하인드 뷰에서는 시점인물의 시선을 통해 이야기의 전개를 따라가게 되므로 독자와 시점인물의 거리가 매우 가까워지며, 시점인물뿐 아니라 시점인물과 관련된 사건에도 독자들이 쉽게 감정이입할 수 있게 됩니다.

비하인드 뷰에는 이러한 이점이 있는 반면 몇 가지 주의해야 할 점도 있습니다.

먼저 작가는 시점인물이 보고, 듣고, 생각하고, 느끼는 모든 것에 대해 말할 수 있지만, 다른 주요 인물을 묘사할 때는 시점인물이 관여하는 것에 대해서만 말할 수 있고, 그가 모르는 것에 대해서는 말할 수 없다는 점입니다.

　다시 말해, 작가는 시점인물의 성격이나 인간관계에 대해서는 물론이거니와 그가 지금까지 어떤 인생을 살아왔는지, 현재 무엇을 하고, 무엇을 생각하고, 어떻게 느끼는지 등등 될 수 있는 대로 상세하게 전달함으로써 독자들로 하여금 그 인물과 동일시하며 작품 속으로 빨려 들어갈 수 있도록 유도할 수 있습니다. 하지만 다른 인물들에 대해서도 동일한 밀

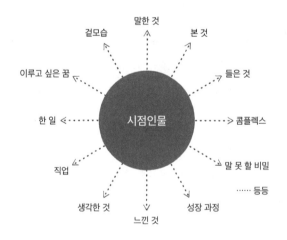

시점인물의 정보를 많이 전달할수록 독자들이 더 감정이입하기 쉽다

도로 묘사하게 되면 시점인물이 불분명해지거나, 이야기가 가던 길을 벗어나 엉뚱한 길로 들어서는 경우도 있으므로 주의해야 합니다.

　다음으로 주의해야 할 점은 시점인물의 시점에서 벗어나서는 안 된다는 것입니다. 시점인물의 내면 심리는 있는 그대로 드러내 써줘야 하지만, 다른 주요 인물에 대해서는 '시점인물이 보고 들을 수 있는 것'에 대해서만 묘사해야 합니다. 만약 다른 인물의 내면을 묘사한다면 시점이 바뀐 것이라고 할 수 있습니다. 이해를 돕기 위해 다음 문장을 한번 살펴보겠습니다.

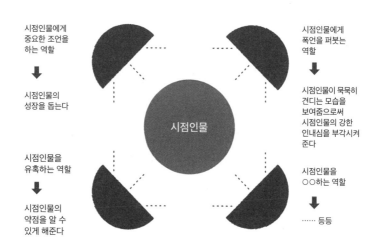

조역은 시점인물을 비추는 조명과 같은 역할을 한다

흰옷을 입은 피에로는 당황해서 밧줄에 매달렸습니다.

밑줄 부분은 흰옷을 입은 피에로의 내면 심리상태에 대한 표현입니다. 이처럼 내면세계를 직접적으로 묘사해줌으로써 독자가 시점인물인 흰옷을 입은 피에로에게 감정이입하게 만들 수 있습니다. 그런데 이 문장 뒤에 다음과 같은 문장이 온다고 해봅시다.

빨간 옷을 입은 피에로는 '쌤통이다'라고 생각하며 흰옷 입은 피에로를 쳐다보았습니다.

위 문장처럼 쓸 경우에는 시점에 혼란이 일어납니다. 밑줄 부분처럼 빨간 옷을 입은 피에로의 감정을 그대로 드러내어 써주게 되면 일시적으로 빨간 옷을 입은 피에로가 시점인물로 읽힐 수 있기 때문입니다.

만약 빨간 옷을 입은 피에로의 내면 상태를 표현해주고 싶은 경우라면 아래와 같은 글이 나올 것입니다.

빨간 옷을 입은 피에로는 마치 '쌤통이다'라고 놀리는 듯한 표정으로 흰옷 입은 피에로를 쳐다보았습니다.

즉, 흰옷을 입은 피에로의 시각에서 빨간 옷을 입은 피에로의 모습을 전달하는 식으로 써주는 것입니다.

물론 시점인물을 어떤 한 인물로 특정해 쓸 수 없는 경우도 있습니다. 군상극群像劇이나 옴니버스 혹은 그랜드호텔 형식의 이야기가 여기에 해당합니다. 같은 시각에 벌어지는 각기 다른 사건을 여러 인물의 시점에서 동시에 혹은 차례로 묘사해나가는 방식입니다.

이런 경우에는 시점인물별로 장면이나 장을 나누어 써주어야 독자들이 이해하기가 좋고 읽기도 쉬워집니다.

시점과 거리 3─1인칭 시점

이어서 다음 글을 한번 읽어보겠습니다.

'낭패다!'

그런 생각이 들었을 때는 이미 나는 발을 헛디며 겨우 한쪽 다리만 밧줄에 걸친 채 거꾸로 매달려 있었다.

빨간 옷을 입은 피에로로 분장한 다나카가 히죽히죽 웃으며 내 쪽으로 다가왔다.

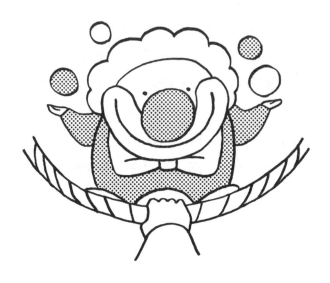

"어째 안타깝게 됐네."

다나카는 나를 내려다보며 말했다.

"안됐지만, 이건 내가 가져갈게."

녀석이 뺏어간 저글링 공 속에는 우리가 천신만고 끝에 훔쳐낸, 세상에서 가장 아름답고 거대한 보석으로 기록된 스타 사파이어 '무한의 은하'가 숨겨져 있었다.

어떤가요? 독자인 여러분의 시점이 '나', 즉 흰옷을 입은 피에로의 시점과 일치한다는 사실을 알아채셨나요?

이것이 1인칭 시점입니다. 독자의 시점이 시점인물의 시점과 완전히 일치한다는 말은 독자가 시점인물의 관점에서 작품 속 사건을 보고, 듣고, 겪게 된다는 뜻입니다. 이에 따라 독자는 시점인물과 감정을 동일시하며 시점인물에 매우 깊이 감정이입하게 됩니다.

그러나 한편으로 독자는 ① 시점인물이 부재한 장면에서 일어난 사건은 실시간으로 보고 들을 수 없으며, ② 시점인물이 모르는 사실, 혹은 눈치채지 못한 일은 독자도 알 수 없다는 단점도 있습니다.

참고로 추리소설에서는 이러한 1인칭 시점의 단점을 역으로 이용한 트릭이 종종 사용됩니다. 예를 들면, 앞서 언급했듯이 1인칭 시점에서는 독자가 시점인물의 말과 행동을 따라가기 마련인데, 결말에 가서 진실이 드러나면서 반전이 일어날 경우 독자는 뒤통수를 얻어맞은 듯한 얼얼한 기분을 경험할 수 있습니다. 그 밖에도 여러 가지 트릭이 있으므로 관심이 있는 분은 참고 자료를 찾아보셨으면 좋겠습니다.

지금까지 살펴본 부감 시점, 비하인드 뷰, 1인칭 시점과 '독자와의 거리', '시야', '감정이입'의 관계를 간단히 표로 정리하면 다음과 같습니다.

작중 인물과 독자와의 거리	시야	감정이입
부감 시점	멀다	넓다	어렵다
비하인드 뷰	가깝다	좁다	쉽다
1인칭 시점	매우 가깝다	매우 좁다	매우 쉽다

직접 시점과 간접 시점

시점은 독자와의 거리로 분류하는 방법 외에도 다른 분류 방법이 있습니다.

다음 두 문장을 한번 읽어보겠습니다.

A 나는 그때 분명히 보았다. 세상에서 가장 아름답고 거대한 보석으로 알려진 스타 사파이어 '무한의 은하' 속에 한 어린 소녀가 갇혀 있는 것을.

B 떠도는 소문으로는 '무한의 은하' 속에 한 어린 소녀가 갇혀 있다고 한다.

두 문장을 비교해보니 어떤가요? A는 '나'가 직접 보고 들은 사실을 말하고, B는 소문을 듣고 간접적으로 알게 된 사실을 말하고 있습니다.

같은 내용이라 해도 A가 B보다 더 실제 사실에 가깝고, 독자로 하여금 더 강한 인상을 받게 하지 않나요?

이처럼 독자가 작품에 감정이입하게 만들기 위해서는 시점인물을 방관자로 만들지 않는 것이 무엇보다 중요합니다. 시점인물이 적극적으로 움직이게 만들어야 하고, 중요한 사건이나 정보는 반드시 시점인물이 직접 보고, 직접 듣게 만들어 독자에게도 경험할 수 있게 해야 합니다.

시점이 바뀌면 이야기도 달라진다

시점인물을 누구로 할 것인가. 바꿔 말해, 누구의 관점에서 이야기를 풀어나갈 것인가 하는 문제는 이야기를 만들 때 매우 중요하게 고려해야 할 요소입니다.

어떤 사건이 일어났을 경우, 피해자가 이야기하느냐 혹은 가해자가 이야기하느냐에 따라 내용은 물론이거니와 독자에게 주는 인상도 완전히 달라집니다.

특히 앞에서 소개한 비하인드 뷰나 1인칭 시점 같은 경우는 다음과 같은 특징이 있습니다.

- 시점인물이 보고 들을 수 있는 범위가 제한된다 = 독자가 얻을 수 있는 정보가 제한된다.
- 시점인물의 관점에 따라 독자가 받는 인상이 크게 달라진다.

따라서 등장인물 A의 시선에서는 단순한 이야기가, 등장인물 B의 시각에서는 복잡하고 괴상하며 이상한 이야기가 얼마든지 될 수 있습니다.

여러분이 쓴 플롯이 시시하고, 지루하고, 뻔하게 느껴지는 경우 같은 이야기를 다른 인물의 관점에서 말하게 해보면 어떨까요? 시점인물을 바꿔주면 예상외로 이야기가 흥미진진하게 전개될 수도 있을 것입니다.

예를 들어, 앞에서 예로 든 피에로 이야기 역시 시점인물을 ① 객관적인 관점, ② 빨간 옷을 입은 피에로, ③ 두 명의 피에로를 쫓는 형사로 바꾸어주는 것만으로도 스토리도, 분위기도 전혀 딴판인 플롯이 만들어질 것입니다.

지금까지의 설명으로 거리와 시점에 대해서는 어느 정도

이해가 되셨나요?

그러면 이제 실습에 들어가보도록 하겠습니다.

[실습 8] 《모모타로》를 모모타로, 개, 원숭이, 꿩 이외의 캐릭터의 시점으로 각색해주십시오.

아직 플롯을 짜는 데 익숙하지 않은 분들은 다음의 스토리라인을 바탕으로 변경할 부분만 바꿔 써줘도 좋습니다.

◆ 강가에 떠내려온 복숭아에서 한 아이가 태어났다. 이를 발견한 노부부가 이 아이에게 모모타로라는 이름을 지어주었다.

◆ 성장한 모모타로는 도깨비를 물리치러 도깨비섬으로 가야겠다고 결심한다.

◆ 도깨비섬으로 향하는 모모타로는 개, 원숭이, 꿩에게 수수경단을 나눠주며 그들을 친구로 맞이한다.

◆ 모모타로 일행은 도깨비섬에 도착한다.

◆ 모모타로 일행은 도깨비를 물리치고 고향으로 돌아와 오래도록 행복하게 살았다.

이 책을 읽고 있는 여러분도 꼭 도전해보시기 바랍니다.

아시겠지요?

준비되셨나요? 자, 그럼, 시작!

……완성하셨나요?

그러면 여러분의 작품을 한번 살펴보겠습니다.

작품 예시·11

시로 이야기

◆ 강아지 시로는 태어난 지 불과 며칠 만에 도깨비에게 엄
마를 잃었다. 산속에 홀로 남겨진 채 배고픔과 두려움으
로 울고 있던 시로는 나무를 하러 온 할아버지에게 발견
되어 거둬진다. 같은 날, 할머니는 빨래를 하러 강가로 나
갔다가 시로처럼 도깨비에게 엄마를 잃은 아이를 집으로
데리고 온다. 아이를 감싼 포대기에는 '모모타로'라는 글
자가 쓰여 있었다.

◆ 시로와 모모타로는 할아버지와 할머니 밑에서 형제처럼
사이좋게 자란다. 어느 날, 마을이 도깨비 무리에게 습격
을 받고, 할아버지와 할머니는 도깨비에게 죽임을 당하고

만다. 시로와 모모타로는 복수를 다짐하며 도깨비를 무찌르기 위해 길을 떠난다.

◆ 여행 도중 시로 일행은 정체 모를 꿩에게 "도깨비의 본거지는 도깨비섬에 있다"라는 말을 듣고 도깨비섬으로 향한다.

◆ 며칠 후, 눈매가 고약하고 몸집이 큰 털북숭이 남자가 나타나 "도깨비섬으로 갈 거라면 내가 길을 안내해주마"라며 시로 일행에 합류한다. 시로는 큰 원숭이라는 뜻의 '오자루'라 불리는 이 남자가 도통 마음에 들지 않지만, 사람 좋은 모모타로는 그를 완전히 신뢰하고 있는 듯하다.

◆ 오랜 여행 끝에 시로 일행은 도깨비섬에 도착한다. 섬에는 분명 도깨비들이 살고 있을 법한 동굴이 있었는데, 안은 텅 비어 있었다. 그때 별안간 오자루가 둘을 향해 달려들었다. 오자루의 정체는 시로와 모모의 엄마를 죽이고 할아버지와 할머니까지 죽인 도깨비였던 것이다.

◆ 시로와 모모타로가 힘을 합쳐 도깨비를 쓰러뜨리자, 거기에 다시 정체 모를 꿩이 나타나 "장하구나"라며 둘을 칭찬한다. 그 목소리는 시로를 지키다 죽은 엄마의 목소리처럼 들리기도, 모모타로의 엄마 목소리처럼 들리기도, 할머니의 목소리처럼 들리기도 했다.

네, 수고하셨습니다. 시로의 비하인드 뷰로 쓰인 모모타로 이야기로군요. 주요 문장의 주어를 모두 시로로 했기 때문에, 독자의 시점도 다른 인물로 옮겨가지 않고 시로가 시점 인물로 잘 고정되었습니다. 잘하셨습니다.

또 꿩과 원숭이를 단순히 여행길 동료에 머물게 하지 않고, 꿩은 시로 일행에게 도움을 주는 조언자 캐릭터, 원숭이는 보스 캐릭터로 바꾸는 등 독창적인 구상이 돋보입니다.

여기서 욕심을 좀 더 부려 말하자면, 시로가 어떤 캐릭터인지 감이 잘 잡히지 않는다는 게 조금 아쉽습니다. '오자루가 도무지 마음에 들지 않았다'라는 묘사가 있지만, 왜 마음에 들지 않는지 독자들은 알 수 없습니다. 예를 들어, 오자루의 체취가 묘하게 거슬린다거나, 본능적으로 오자루가 인간이 아님을 순간적으로 알아차렸다 하는 등 개가 지닌 특성을 살린 에피소드가 들어갔다면 한층 더 좋았을 것이라 생각합니다.

함께 자란 모모타로와의 관계도 '형제처럼 사이좋게 자란다'라고만 묘사되었는데, 시로와 모모타로 중 어느 쪽이 형인지, 또는 어떤 점에서 서로 마음이 맞고 어떤 점이 갈등의 원인이 되는지, 관련 에피소드를 집어넣어주는 것도 좋습니다. 이렇게 생각해나가다 보면 이야기를 재미있게 만들 만한 요소는 아직 얼마든지 남아 있음을 알 수 있을 것입니다.

또한 모처럼 시점인물을 바꿔보았으니, 그 인물이 처한 환경이나 가치관, 성격 등등 다른 인물과의 차이를 만드는 요소를 넣어보면서 원래의 이야기가 어떻게 달라지는지 직접 느껴보시기 바랍니다.

그러면 이제 다른 분의 작품을 한 편 더 살펴보기로 하겠습니다.

작품 예시·12

금기의 섬

초승달이 뜨는 밤에는 결코 해변에서 불을 피워서는 안 된다.

금기를 어길 시 바다에서 '……'가 나온다.

도키가 사는 섬에 전해지는 아주 오래된 전설이다.

"할아버지, 금기를 어기면 바다에서 대체 뭐가 나온다는 거예요?"

"또 그 얘기냐, 도키. 몇 번이나 말했지 않니? 무서운 게 나온다고."

"그러니까 그 무서운 게 뭐냐고요? 상어요?"

"으음, 아니야."

"그럼 뭔데요?"

도키의 할아버지는 매번 거기서 입을 닫았다. 옛날에 섬에서 제일가는 용사였다는 할아버지의 몸에는 등이며 배며 구석구석에 무수히 많은 흉터가 남아 있다. 섬의 옛일에 훤한 노인의 말로는 할아버지가 바다에서 나온 '……'와 싸우다 생긴 흉터라고 한다.

섬에는 또 다른 금기도 있었다.

해변으로 흘러들어온 생물은 반드시 그 자리에서 먹어버리거나 죽여서 묻어야 한다.

고기잡이는 섬의 앞바다에 외따로 떠 있는 '바바사 바위' 바로 앞까지만 허용되었다. 결코 바바사 바위 너머로 나가서는 안 된다.

하지만 도키는 알고 있었다. 바바사 바위에 기어올라 저 멀리 내다보면 희미하게 육지가 보인다는 사실을. 하지만 그것을 할아버지에게 말하자, 할아버지는 평소와 달리 불같이 화를 내며 도키의 얼굴이 부어오를 때까지 마구 때렸다.

어느 날, 도키는 해변에서 한 젊은 여자를 발견했다. 타고 있던 배가 조난을 당해 바다를 떠돌다가 이 섬에 이르렀다고 한다.

자신의 이름을 '시로모모'라고 밝힌 여자를 도키는 마을 사람 아무도 모르게 해변 동굴에 숨겨준다. 시로모모는 아름다웠다. 도키는 첫눈에 시로모모에게 반했고, 그녀를 아내로 맞이하고 싶었다. 하지만 시로모모는 한시라도 빨리 고향으로 돌아가고 싶어 할 뿐 도키는 전혀 안중에도 없었다.

속이 탄 도키는 "만약 널 고향으로 데려가준다고 약속하면 내 아내가 되어 줄래?" 하고 시로모모에게 물었다. 시로모모는 선뜻 승낙했다.

도키는 시로모모의 부탁대로 금기를 어기고 초승달이 뜨는 밤 해변에서 화톳불을 피웠다.

그리고 다음 보름달이 뜨는 밤, 바다에서 한 젊은 무사와 개와 원숭이와 꿩을 태운 배가 나타나 해변으로 다가왔다.

"오호라. 여기가 전설의 도깨비섬인가."

젊은 무사는 긴 칼을 빼 들어 도키에게 내리쳤다.

"이 도깨비 놈! 공주마마를 잡아둔 죗값을 받아라."

흐려지는 의식 속에서 도키는 마침내 섬에 전해 내려온 금기의 의미를 깨달았다.

네, 수고하셨습니다. 도깨비섬에 숨어 사는 도깨비의 입장에서 쓰인 모모타로 이야기로군요.

시점인물인 도키가 보고 들은 것과 행동의 동기가 잘 설명되어 있어, 무척 이해하기 쉬운 플롯이 만들어졌습니다.

이 플롯을 읽은 여러분은 마지막에 잠깐 등장하는 무사인 모모타로보다 주인공이자 시점인물인 도키에게 훨씬 더 감정이입을 하게 되지 않았을까 싶습니다.

지금까지 시점에 변화를 주면 독자들이 받는 인상을 크게 바꿀 수 있다는 것을 실습을 통해 알아보았습니다.

어떠셨나요? 플롯을 변주하는 방법에 대해 어느 정도 이해가 되셨나요?

지금까지 살펴본 내용을 간단히 정리해보면 다음과 같습니다.

① 시대와 장소
② 문체
③ 등장인물의 캐릭터
④ 장르
⑤ 시점

기본 스토리라인은 같아도 배경, 문체, 캐릭터, 장르, 시점 등 다섯 가지 이야기 구성 요소에 변화를 주면 플롯은 얼마든지 다양하게 변주할 수 있으며, 이에 따라 독자들도 색다른 독서 경험을 하게 된다는 것을 함께 알아보았습니다.

　다음 장에서는 지금까지 살펴본 것과 마찬가지로 독자들이 작품에서 받는 인상에 큰 영향을 주는 복선을 배워보도록 하겠습니다.

MEMO

복선 까는 법·사용법

지난 장까지 이야기의 구성 요소에 변화를 주어 플롯을 다양하게 변주하는 법에 대해 알아보았습니다.

이번 장에서는 조금 방향을 바꿔 복선에 대해 살펴보기로 하겠습니다.

복선이란 무엇인가

이 책에서 말하는 복선이란 그 이야기에서, 앞으로 일어날 사건을 미리 독자에게 넌지시 암시해주는 기법을 뜻합니다.

적절한 곳에 적당히 숨겨진 복선은 독자들이 "돌이켜보니 그때 그게 이런 뜻이었구나!" 하고 탁 무릎을 치며 납득하게 하거나, "설마 그 일이 이렇게 연결될 줄이야!" 하는 기분

좋은 반전의 묘미를 맛보게 하기도 하고, 혹은 "이럴 땐 꼭 안 좋은 일이 벌어지던데……" 하고 조마조마 긴장된 마음으로 지켜보게 할 수도 있습니다.

독자들에게 미치는 영향에 따라 복선을 분류하면 대략 다음과 같습니다.

- **준비의 복선**
- **의외성의 복선**
- **서스펜스의 복선**
- **메시지 또는 테마의 복선**

그럼 순서대로 살펴보겠습니다.

준비의 복선 : 원인과 결과를 알기 쉽게 한다

준비의 복선은 추후에 일어날 일의 원인이나 결과를 독자에게 미리 알려주기 위해 사용합니다. 이렇게 말하면 조금 까다롭게 느껴질지 몰라도, 미처 깨닫지 못했을 뿐 여러분도 평소에 곧잘 사용하는 기법입니다.

예를 들어, 다들 어릴 때 아침에 일어나 학교 가기 싫은 적이 있으시지요? 그럴 때 어딘가 아픈 척하며 이불에서 뭉그적거리다 일어나라고 닦달하는 엄마에게 "그냥 오늘 학교 안 가면 안 돼?" 하고 떼를 써본 적 있지 않나요?

혹은 직장에서 자신이 무언가 실수를 했는데 그것을 솔직하게 인정하고 싶지 않아서 "시간이 없었어요"라거나 "○○ 씨가 제대로 해줬더라면 좋았을 텐데요"라는 등 일단 변명부터 늘어놓은 적은 없나요?

이때 '아픈 척한다'거나 '변명을 늘어놓는다'와 같은 전조 부분이 복선 부분, '(그래서) 학교에 안 가고 싶다', '(그래서) 실수했다'라는 결론 부분이 복선의 회수 부분에 해당합니다.

미리 독자들에게 이유를 제시해둠으로써 나중에 일어난 사건의 인과관계를 어렵지 않게 납득시킬 수 있는 것입니다.

- **주인공이 필살기를 터득한다** (전조)
  ⇨ **라이벌과의 대결에서 필살기로 이긴다** (결론)
- **주인공의 적이 독약을 산다** (전조)
  ⇨ **주인공의 컵에 독을 넣는다** (결론)
- **주인공은 사소한 일에도 심하게 긴장하는 성격이다** (전조)
  ⇨ **결정적 순간에 실수한다** (결론)

이와 같은 예들은 모두 준비의 복선입니다. 준비의 복선은 원인과 결과의 관계가 명확하고, 비교적 알기 쉬운 것이 특징입니다. 달리 말해, 작가가 깔아놓은 복선을 독자들이 알아채는 순간부터 자연스럽게 결과를 예측할 수 있다는 뜻입니다.

- 주인공이 필살기를 터득한다
  - ⇨ 때가 오면 이 기술을 사용할 것이다
- 주인공의 적이 독을 산다
  - ⇨ 그 독을 주인공이나 그 주변 사람에게 사용할 것이다
- 주인공은 사소한 일에도 극도로 긴장하는 성격이다
  - ⇨ 그런 성격 탓에 실수할 것이다

앞의 예문을 가져오자면, 독자들은 대략 이런 식으로 이야기가 전개되리라 예상할 수 있을 것입니다.

의외성의 복선 : 알아채지 못하게 숨겨둔다

준비의 복선은 원인과 결과의 관계를 독자들이 쉽게 알아챌 수 있는 반면, 의외성의 복선은 복선 부분을 읽는 것만으로는

그것이 나중에 어떻게 작용할지 알 수 없거나, 독자의 예상을 뛰어넘는 전개를 보이기도 합니다. 혹은 회수 부분을 읽기 전까지는 그것이 복선이었다는 사실조차 알 수 없을 정도로 드러나지 않게 숨겨 두는 것이 특징입니다. 즉, 사건의 전모가 드러나기 전까지는 그것이 작가가 깔아둔 복선임을 독자들이 바로 눈치채지 못하도록 해야 합니다.

- 주인공과 우연히 마주친 인물/사물 (포석)
  ⇨ 나중에 그 인물/사물이 사건의 중요한 열쇠임을 알게 된다 (회수)
- 주인공의 적이 독을 산다 (포석)
  ⇨ 그 독을 이용해서 주인공을 돕는다 (회수)
- 주인공에게는 최대의 아군(혹은 최대의 적)이 있다 (포석)
  ⇨ 사실은 그 인물이 최대의 적(혹은 최대의 아군)이었다는 사실을 알게 된다 (회수)

의외성의 복선을 최대한 살리기 위해서는 포석 부분을 얼마나 자연스럽게 지문 또는 설정에 숨겨두는지가 관건입니다. 다시 말해, 쉽게 예상하지 못하도록 은근하게 복선을 깔아두어 독자의 허를 찌르는 것이 핵심입니다. 제가 자주 쓰는 방법은 우선 결과 부분까지 다 쓴 다음, 거기서부터 거슬러 올라가 나머지를 역산해서 포석 부분을 메우는 방법입니다. 혹은 전반부에서는 그다지 두드러진 활약을 보여주지 못한 캐릭터나 미흡한 설정을 퇴고하는 시점에서 "이 정도로 눈에 띄지 않는 캐릭터(혹은 설정)라면 분명히 독자들에게도 별다른 감흥을 주지 못했을 것이다" 하고 마침 잘됐다고 생각해서 복선으로 대체해 사용하는 경우도 있습니다.

서스펜스의 복선 : 상황과 감정을 이용해 만든다

다음으로 살펴볼 것은 서스펜스의 복선입니다. 이 서스펜스의 복선은 《스토리텔링 7단계》와 《대중을 사로잡는 장르별 플롯》에서도 소개한 서스펜스 기법의 응용 버전입니다.

우선 설명에 앞서 여러분께 한번 물어보겠습니다. 서스펜스의 구조가 어땠는지 기억하고 계신가요?

그렇습니다. 바로 '예고'와 '중단'이었습니다.

이대로 이야기가 진행된다면 틀림없이 뭔가 좋지 않은 일이 벌어질 겁니다, 이렇게 독자에게 예고한 뒤 갑자기 장면을 전환합니다. 혹은 작품 속에서 시간의 흐름을 단숨에 앞으로 되돌려버립니다. 그렇게 되면 "그래서 그다음은 어떻게 되는데?" 하며 궁금해서라도 계속해 책장을 넘길 수밖에 없게 되는 것입니다.

이것이 서스펜스의 기본 구조입니다.

'예고'와 '중단' 두 부분으로 나뉘는 서스펜스와 '전조·포석'→'결론·회수' 두 부분으로 나뉘는 복선은 매우 유사한 구조를 보입니다.

한마디로 서스펜스라고 해도 여러 종류가 있습니다. 여기서는 다음 세 가지를 소개하겠습니다.

- 상황이 만들어내는 서스펜스
- 감정이 만들어내는 서스펜스
- 상황과 감정이 만들어내는 서스펜스

상황이 만들어내는 서스펜스에서는 예고 부분에서 이야기의 등장인물을 누가 봐도 명백히 위험한 상황으로 몰아넣습니다. 예를 들어, '의자에 묶여 있는 주인공의 눈앞에서 시한폭탄의 타이머가 작동, 카운트다운에 돌입했다'거나, '절벽에서 로프 하나에 의지해 위태롭게 매달려 있는 한 남자가 있다. 그런데 그 로프가 당장이라도 끊어질 듯하다'와 같은 예가 여기에 해당합니다.

'카운트다운에 돌입한 시한폭탄'이나 '끊어질 듯한 로프'는 우리의 외부 세계에서 일어나는 사건입니다. 즉, 등장인물의 내면세계와는 무관하게 주변 상황이 위태롭다, 위험하다 등의 극적인 장면을 만드는 것입니다. 이것이 상황이 만들어내는 서스펜스의 제1단계, 즉 예고 부분입니다.

예고가 끝나면 장면을 전환·중단하고, 약간의 시간을 둔 뒤 그 긴박한 상황이 어떻게 해소되었는지, 앞의 예를 가져오자면 폭탄은 정말로 폭발했는지, 로프는 과연 끊어졌는지 하는 결말을 써주어 서스펜스의 복선을 회수합니다.

한편 감정이 만들어내는 서스펜스는 예고 부분에서 등장인물을 '질투'나 '증오' 등과 같은 감정의 소용돌이에 몰아넣습니다. '얼핏 화목하고 평온한 가정처럼 보였지만, 사실은 남편이 아내에게 살의를 품고 있다'거나 '상대방이 무심코 한 행동 때문에 심한 원한이 생겼다'와 같은 예가 여기에 해당합니다. 주변 상황과는 상관없이 등장인물의 내면세계가 불안하다, 위태위태하다 등의 극적인 장면을 만드는 것입니다.

이처럼 치달아 걷잡을 수 없는 감정이 끝내 어떤 행동으로 표출되는가 하는 것이 이 유형의 복선 회수 부분이 됩니다. 사랑이나 증오와 같은 감정은 외부에서는 미루어 짐작하는 게 불가능합니다. 그러므로 반드시 '행동'이라는 형태로 독자들에게 보여주어야 할 필요가 있습니다.

이어서 소개할 것은 상황과 감정이 만들어내는 서스펜스입니다. 이는 말 그대로 상황의 서스펜스와 감정의 서스펜스를 조합한 기법입니다. 외부의 상황도 위태롭지만, 그 상황과 관련된 인물의 내면세계 또한 일촉즉발 상태인 위기 국면을 만드는 것입니다.

특별히 통계를 내어보지는 않았지만, 이 유형에서 나타나는 서스펜스의 예고 부분은 두세 차례 장면 전환이 일어나도록 치밀하게 계산된 경우가 많습니다.

간단한 예를 들어보겠습니다.

여자 주인공의 여동생은 언니에게 심한 열등감을 느끼고 있으며, 옛날부터 사사건건 언니의 일을 방해해왔다.

이것은 주인공의 여동생의 감정이 만들어내는 서스펜스의 예고 부분입니다.

그 후, 여동생은 여자 주인공의 연인과 사랑의 도피를 감행, 집을 나간 뒤 종적을 감춘다. 여자 주인공은 깊은 상처를 입지만, 트러블 메이커인 여동생이 사라진 뒤 일상은 여느 때처럼 평온하게 흘러간다.

이와 같이 일단 중단 부분이 들어갑니다.

몇 년의 시간이 흘러, 여자 주인공은 이상적인 남자를 만나 약혼한다. 어느 날 밤 레스토랑에서 약혼자와 데이트를 즐기는 와중에 여동생과 우연히 마주치게 된다.

이와 같이 그다음 이야기가 진행되면 앞서 감정이 만들어내는 서스펜스의 예고 부분에 상황이 만들어내는 서스펜스의 예고 부분이 더해지는 것이 됩니다. '여동생은 사사건건 언니의 일을 방해해왔다'라는 사실을 알고 있는 독자들은 이 상황이 여자 주인공을 곤경에 빠뜨리라 예상하며 "그래서 앞으로 어떻게 되는데?" 하고 다음 페이지를 얼른 넘기고 싶어합니다.

이처럼 두 번째 예고 부분을 만들었다면 다시 중단해서 서스펜스를 또 한 번 끌어올립니다.

여자 주인공은 여동생을 경계하지만, 예전 같으면 금세 방해 공작을 펼쳤을 여동생이 이번에는 여자 주인공의 약

혼자를 "훌륭한 남자겠지. 그런데 매력이라고는 눈곱만
큼도 없어"라고 무시하며 거들떠보지도 않는다.

이와 같이 "분명히 뭔 사건이 일어날 거야" 하고 기대하는
독자들이 일단 헛다리를 짚도록 전개할 수 있습니다.

여동생과 우연히 마주친 직후, 약혼자의 친한 친구가 사
건에 휘말렸다는 연락을 받게 되고 여자 주인공과 약혼자
는 그 사건을 해결하기 위해 분주하게 돌아다닌다.

그런가 하면 이처럼 전혀 다른 사건을 일으켜서 중단하는
것도 좋습니다.

약혼자는 친한 친구를 돕기 위해 유능한 중재인을 찾아다
닌다. "마침 적당한 사람을 알고 있어"라며 약혼자의 동료
가 소개한 사람은 놀랍게도 여자 주인공의 여동생이었다.

그 사건에 대해 한차례 쓴 다음 이런 식으로 전개해나가
면, 이것 역시 서스펜스의 예고 부분이 됩니다.
어떤가요? 조금 감이 잡히셨나요? 정리해보자면, 미리 등

장인물의 내면에 위기를 불러일으킬 만한 감정을 심어두고 상황을 만들어내어 긴박한 장면을 연출한다. 거기에 상황을 더 진전시켜 더욱 긴장감을 높인다. 이것이 상황과 감정이 만들어내는 서스펜스입니다.

메시지 또는 테마의 복선 : 반복 제시하여 각인시킨다

마지막으로 메시지 또는 테마의 복선에 관해 설명하겠습니다. 이 기법은 이야기를 통해 독자들에게 강력하게 전달하려는 메시지나 테마가 있을 경우 활용하기 좋으므로 잘 기억해두시 바랍니다.

지금까지 소개한 복선은 모두 '전조·포석'→'결론·회수'와 같은 형식을 띠고 있습니다. 이에 반해 메시지 또는 테마의 복선은 일반적으로 '제시'→'재제시' 혹은 '제시'→'재제시'→'재제시'와 같은 형태로 반복됩니다.

예를 들어, 2009년부터 일본 TBS 계열에서 방송된 드라마 〈진-JIN〉에서는 "신은 이겨낼 수 있는 시련만 주신다"라는 대사가 여러 등장인물의 입을 통해 반복해 언급됩니다. 작품 속에서 누군가가 큰 시련에 처해 좌절하고 모든 것을 포기하려 할 때 그 사람의 곁을 지켜온 인물이 이 대사를 읊

조립니다. 드라마 전편을 통해 이러한 전개가 몇 번이고 반복됩니다. 이 같은 예가 메시지의 복선이 강력한 동시에 알기 쉽게 사용된 경우입니다.

메시지 또는 테마를 독자들에게 전달하는 수단에 꼭 대사만 있는 것은 아닙니다.
이해를 돕기 위해 짧은 글을 잠시 살펴보겠습니다.

눈이 내리는 겨울밤, 한 소녀가 따스함이 흘러넘치는 화목한 가정을 창문 너머로 몰래 훔쳐보고 있다. 온 가족이 둘러앉은 방에는 화려한 크리스마스트리가 놓여 있었다. 그에 반해 소녀의 부모는 가난했고, 사이가 나빴으며, 좁고 허름한 집에 트리 같은 건 언감생심이었다.
몇 년 후, 고등학생이 된 소녀는 아르바이트를 하느라 가랑눈이 흩날리는 거리를 하얀 입김을 내쉬며 바쁘게 뛰어다니고 있다. 거리의 광장에는 크리스마스트리가 화려하게 반짝이고 있었다. 삼삼오오 가족끼리 나온 사람들이 트리 주변에 모여 시끌벅적하게 웃고 떠들고 즐거워하고 있다.
또 몇 년 후, 성인이 된 그녀는 정장 차림으로 거리를 걷고 있다. 스쳐 지나가는 가게의 전면 유리창은 '메리 크리스마스'라는 글자와 크리스마스 리스로 꾸며져 있다. 그녀는 그런 것에는 눈길조차 주지 않고 고개를 숙인 채 집으로 가는 발걸음을 재촉한다. 아파트 문을 열자, 방은 아늑한 불빛으로 가득했고 남편과 두 아이들이 크리스마스트리에 방울이며 양말을 달고 있었다. 행복한 듯 그녀의 얼굴에는 천천히 부드러운 미소가 번진다.

이런 식으로 반복해서 묘사해나가면 크리스마스트리는 단지 소도구에 그치는 것이 아니라, 여자 주인공이 추구하는 따스함이나 행복한 가정의 상징, 즉 테마가 됩니다.

이와 같이 단어나 대사, 테마를 상징하는 물건을 동일한 상황에서, 동일한 의미로 반복해서 사용하는 것이 '제시'→'재제시'의 형식입니다.

지금까지 다양한 종류의 복선에 관해 이야기해보았습니다. 그러면 이제 이번 장의 마무리 단계인 실습에 들어가도록 하겠습니다.

[실습 9] 《모모타로》를 ① 준비의 복선, ② 의외성의 복선, ③ 서스펜스의 복선, ④ 메시지 또는 테마의 복선 중 하나를 활용해 각

색해주십시오.

아직 플롯을 짜는 데 익숙하지 않은 분들은 다음의 스토리 라인을 바탕으로 각색할 부분만 바꿔 써보는 것도 좋습니다.

- ◆ 강가에 떠내려온 복숭아에서 한 아이가 태어났다. 이를 발견한 노부부가 이 아이에게 모모타로라는 이름을 지어주었다.
- ◆ 성장한 모모타로는 도깨비를 물리치러 도깨비섬으로 가야겠다고 결심한다.
- ◆ 도깨비섬으로 향하는 모모타로는 개, 원숭이, 꿩에게 수수경단을 나눠주며 그들을 친구로 맞이한다.
- ◆ 모모타로 일행은 도깨비섬에 도착한다.
- ◆ 모모타로 일행은 도깨비를 물리치고 고향으로 돌아와 오래도록 행복하게 살았다.

이 책을 읽고 있는 여러분도 꼭 도전해보시기 바랍니다. 아시겠지요?

준비되셨나요? 그럼, 시작!

……다 쓰셨습니까?

그러면 여러분의 작품을 한번 살펴보겠습니다.

작품 예시 · 13

의외성의 복선

◆ 마을 어귀에 있는 복숭아나무 밑에서 한 아이가 발견되었
다. 그 아이에게는 모모타로라는 이름이 지어졌다. 그해
마을에는 모모타로 외에도 네 명의 아이가 태어났다. 포
수의 아들 사루스케, 나무꾼의 딸 오이누, 신관神官의 아들
기지히코, 그리고 촌장 집안의 대를 이을 장손 나오하루
이다.

◆ 다섯 아이들은 형제처럼 우애 있게 자랐지만, 마을 사람
들은 굶주리고 궁핍해져만 갔다. 이 지역 일대를 다스리
는 영주가 '도깨비'라고 불릴 정도로 잔혹하고 악랄한 폭
군이었기 때문이다.

◆ 촌장의 맏아들인 나오하루는 이러한 상황을 심각하게 고
민하다 못해 열여섯 살이 되는 해, 마침내 영주에게 제 손
으로 직접 상소를 올리기로 결심한다.

◆ 직접 상소하는 자는 참수형에 처해지는 것이 이 당시 관
례였다. 모모타로 일행은 나오하루를 단념시키려고 노력

하지만, 그의 결심이 흔들리지 않으리라는 것을 알고 함께 영주를 찾아가기로 한다.

◆ 모모타로 일행은 영주의 성 주변 마을에 도착하는데, 오랜 여행길의 피로가 쌓인 탓에 나오하루가 고열을 앓게 된다. 오이누가 나오하루를 돌보는 사이 모모타로는 나오하루의 옷으로 바꿔 입고 상소장을 가슴에 품은 채 홀로 영주의 성으로 향한다.

◆ 운 나쁘게도 그날 영주는 사냥을 떠나 자리를 비우고 없었다. 하지만 모모타로를 뒤따라 쫓아온 사루스케가 포수의 경험과 직감으로 영주가 있는 곳을 알아내고, 말솜씨가 빼어난 기지히코가 가신들을 잘 구워삶은 덕분에 무사히 영주에게 상소장을 전달하는 데 성공한다.

◆ 모모타로와 사루스케, 기지히코는 관례에 따라 참수형에 처해지지만, 상소는 받아들여졌다. 그해부터 영주에게 바치는 공양미의 양도 줄게 되었다.

◆ 마을로 돌아온 나오하루와 오이누는 모모타로와 사루스케, 기지히코의 명복을 빌며 여생을 마쳤다고 한다.

네, 수고하셨습니다. 이야기의 시작부터 원작에 없는 캐릭터를 느닷없이 등장시켜 독자들의 허를 찌르는 연출이군요.

다루는 내용도 '상소'나 '공양미' 등 지금까지의 실습에서 볼 수 없었던 유형이어서 무척 재미있게 읽었습니다.

다만, 이런 방식으로 쓰면 복선의 조건인 '전조·포석'→'결론·회수'와 같은 구조는 갖추지 못하게 됩니다.

이 플롯은 '모모타로+개·원숭이·꿩의 동맹에 예상 밖의 네 번째 인물이 합류, 더구나 이 네 번째 인물이 리더 격이라는 점'에서 의외성을 노렸습니다. 다만 이야기의 시작부터 너무 일찌감치 그런 설정을 드러내는 바람에 정작 중요한 회수 부분이 김이 새서 싱거워졌다고 할까요? 결국 나오하루는 무엇 때문에 등장했는가 하는 의문을 남기는 캐릭터가 되어버린 점이 다소 아쉬운 대목입니다.

의외성의 복선은 포석 부분은 넌지시 드러나지 않게, 회수 부분은 뜻밖의 전개로 흘러가도록 써주어야 합니다. 만약 이 플롯의 흐름을 그대로 따라간다면, 가령 버려진 아이 모모타로는 사실 영주의 숨겨진 자식이었다는 사실이 밝혀진다거나, 영주에게 바치는 공양미의 양을 늘려온 장본인이 사실 영주가 아니라 촌장이었음이 드러났다 하는 식으로 회수 부분에서 의외의 전개가 펼쳐지도록 하면 독자들의 호기심을 부추기는 이야기로 만들어질 것입니다.

그러면 다른 분의 작품도 한번 살펴보겠습니다.

메시지 또는 테마의 복선

모모타로는 자기 부모가 누구인지 모른다. 강가에서 빨래를 하던 할머니가 아기 포대기에 싸여 조각배에 실려 떠내려온 모모타로를 발견하고 거둬 키워주었기 때문이다. 지금도 모모타로의 집에 보관되어 있는 그 조각배는 두 쪽으로 갈라진 복숭아처럼 생겼다.

"모모타로야, 넌 분명히 복숭아 마을에서 태어났을 게야."

부모님 이야기를 들려달라고 조르는 모모타로에게 할아버지는 그렇게 말했다.

복숭아 마을이란 할아버지가 나무를 하러 가는 산에서 안쪽으로 더 깊이 들어간 곳에 있다고 전해지는 전설의 마을이다. 들리는 이야기로는 그 마을이 아주 옛날 전쟁에 패배한 무사들이 남몰래 만든 무릉도원이라고도 하고, 무서운 도깨비 일족이 사는 도깨비 마을이라고도 했다.

"그렇다마는 네가 어디서 태어났든 넌 우리의 소중한 아들이란다."

그저 하는 말이 아니라 할아버지도 할머니도 모모타로를 정말로 아끼고 사랑해주었다. 그렇지만 모모타로는 도무지 수긍이 가지 않았다.

내 부모는 누구인가.

왜 나는 강물에 떠내려왔을까.

성장한 모모타로는 스스로 출생의 비밀을 풀기 위해 복숭아 마을을 향해 길을 떠난다.

복숭아 마을로 가기 위해서는 흉포한 들개 무리가 사는 산, 사람 말을 할 줄 아는 원숭이가 사는 숲, 사람을 현혹시키는 아름다운 꿩의 정령이 사는 계곡을 거쳐야 했다. 모모타로는 지나는 곳마다 그들을 단번에 자기편으로 만들어 충실한 들개, 영리한 원숭이, 그리고 아름다운 꿩의 정령을 일행으로 맞아들였고, 마침내 그들은 복숭아 마을에 당도한다.

그때 모모타로 일행의 눈 앞에는 이미 오래전에 역병이 돌아 일족이 전멸하고 폐허가 된 마을의 흔적만 남아 있었다.

어느 집 안에서 모모타로는 두 쪽으로 갈라진 복숭아처럼 생긴 조각배를 발견한다. 그것은 조각배가 아니라 요람이었다. 아마도 이곳이 모모타로가 태어난 집이리라. 하지만 생부도 생모도 이제 없다.

슬픔에 젖은 모모타로가 요람에 손을 뻗었을 때, 문득 그리운 목소리가 귓가에 생생하게 들려왔다.

'네가 어디서 자랐든 넌 우리의 소중한 아들이란다……?'

네, 수고하셨습니다. 모모타로가 자신의 뿌리와 자아를 찾아가는 약간 색다른 시점에서 쓰인 플롯이군요. '네가 어디서 태어났든/자랐든 넌 우리의 소중한 자식이란다'라는 메시지가 제시→재제시의 순서로 반복되어 독자들에게 충분히 전달되었으리라 생각합니다. 실습 과제로 요구한 부분은 아니지만, 모모타로가 자신의 뿌리를 찾기 위해 길을 떠나기까지의 흐름도 독자들이 이해하기 쉽게 쓰였습니다.

여기까지 독자들로 하여금 합리적으로 납득하게 하거나, 놀라움이나 긴장감을 느끼게 하거나, 허를 찔러 흥미를 갖게 만드는 복선에 대해 살펴보았습니다.

지금까지 "글을 쓰고 싶은데 왜 쓰지 못할까?"라는 고민을 해결하기 위해 플롯의 변주에 사용되는 여러 가지 기술을 소개했습니다.

그런데 아무리 많은 작법과 글쓰기 노하우가 있어도 '도저히 글이 안 써진다', '글 쓸 기분이 나지 않는다'와 같은 상태라면 아무 소용이 없습니다. 누구에게나 그런 시기는 반드시, 그리고 반복해서 찾아옵니다.

다음 장에는 그러한 기분과 관련된 문제를 따로 정리했습니다. 제가 평소 지침으로 삼고 있으며 여러분이 실천해보도록 제안하고 싶은 내용을 소개하고자 합니다.

'쓸 수 있다'
상태로 만들어주는
열 가지 특효약

아무리 글쓰기 기술을 갈고닦고, 또 아무리 꾸준히 연습을 해도 "오늘은 도저히 쓸 기분이 아니야", "글 쓸 의욕이 안 생겨" 하는 날은 있기 마련입니다.

이번 장에서는 그러한 '쓸 수 없다'의 상태를 '쓸 수 있다'의 상태로 전환하는 데 도움이 될 만한 작은 요령과 마음가짐을 소개하려 합니다. 평소에 제가 시행착오를 겪으며 찾아낸 방법이지요.

처음부터 순서대로 읽어도 좋고, 책장을 훌훌 넘기다가 자신에게 필요한 부분부터 골라 읽어도 좋습니다.

여기에 실린 내용이 여러분의 '쓸 수 없다'의 상태를 '쓸 수 있다'로 바꾸는 데 조금이나마 도움이 되기를 기대합니다.

'일단 시작하는 것'만으로도 충분하다

평소에는 착착 잘해내던 것도 컨디션이 좋지 않을 때는 버거운 경우가 있습니다. 그 일이 글쓰기라면 한 글자조차 쓸 수 없는 상태인 거죠. 그럴 때는 진입 장벽을 최대한 낮게 설정해보는 것입니다.

두꺼운 자료를 읽기가 귀찮다면 '일단 책을 펼치기만 해도 충분하다'.

새로운 이야기나 플롯이 떠오르지 않는다면 '관련 자료를 파일로 만들어 저장해두기만 해도 충분하다'.

쓰긴 쓰는데 도저히 진척이 되지 않는다면 '오늘은 지금까지 쓴 부분을 퇴고하기만 해도 충분하다'.

이와 같이 자신이 확실하게 할 수 있는 수준까지 작업의 난도를 낮춰보시기 바랍니다. 일단 시작하면 '집필 상태'로 들어가기가 한결 쉬워집니다.

노력을 시간으로 환산하지 않는다

"하루 5분이라도 좋다. 영어회화 책을 보자."

"매일 30분씩 걷는 습관을 들이자."

뭔가를 할 때 흔히 우리는 시간의 양을 목표로 삼습니다.

"오늘은 4시간이나 열심히 썼어."

혹은 노력의 양을 시간으로 표현하기도 합니다.

"온종일 컴퓨터 앞에 앉아 있었는데도 아무것도 못했어."

하지만 여기에는 커다란 함정이 있습니다. 누구나 컨디션이 좋을 때가 있으면 나쁠 때도 있기 마련입니다. 사람으로 태어난 이상 이것은 어쩔 수 없는 일입니다.

가령 컨디션이 최고로 좋을 때 여러분이 쓸 수 있는 양이 1시간에 100줄이라고 합시다. 컨디션이 좋지 않을 때는 한 줄입니다. 이 경우 컨디션이 좋을 때와 나쁠 때의 집필량은 100배의 차이가 납니다.

그러면 여러분이 컨디션이 좋지 않을 때 원고 100줄을 쓰려면 100시간 동안 컴퓨터 모니터를 보고 있어야 할까요?

그렇지 않다는 건 여러분도 경험을 통해 익히 알고 있으리라 생각합니다.

컨디션이 나쁠 때의 한 시간과 좋을 때의 한 시간은 내용도, 질도 다르기 때문입니다.

컨디션이 좋을 때는 꼬박 1시간을 글쓰는 작업에 할애할 수 있지만, 나쁠 때는 그렇게 안 됩니다.

"왜 안 써질까?", "어떻게 하면 쓸 수 있을까?" 하고 무기력하게 상념에 빠지거나, 뭔가 좋은 힌트가 없을까 인터넷으로 검색해보거나 하며 딴짓으로 적잖은 시간을 허비합니다.

그럼에도 컴퓨터 앞을 떠나지 못하는 이유는 '시간을 들였다=노력했다, 열심히 했다'라는 생각이 우리 내부에 잠재하고 있기 때문입니다.

열심히 하는 것보다 중요한 건 결과를 내는 일입니다. 여기서 결과란 한 문장을 썼건 두 문장을 썼건 이야기를 앞으로 진전시켜나가는 힘입니다. 한두 문장 쓰기도 힘들 만큼 컨디션이 좋지 않을 때라면 컴퓨터 앞에 매달려 있기보다 휴식을 취하는 편이 더 효과적입니다. 노력은 '들인 시간'이 아니라 '성과물의 양과 질', 즉 효율로 평가하는 습관을 들여야 합니다.

오늘 날씨를 확인한다

"오늘은 도저히 쓸 기분이 안 나."

그럴 때는 창밖을 봅시다. 맑은 날, 즉 고기압인 날에는 교감신경이 긴장하게 되어 혈압이나 심박수가 높아지기 때문에 기운이 나고 기분도 좋아집니다. 반면, 비가 오거나 궂은 날, 즉 저기압인 날에는 부교감신경이 활성화되어 혈압이나 심박수가 떨어지기 때문에 몸이 편안해지고 마음도 안정됩니다.

요컨대 맑으면 맑은 대로, 궂으면 궂은 대로 집필하기에는 좋은 날씨인 셈입니다.

"엉덩이가 들썩여서 가만히 앉아 있을 수가 없어."

"기분이 가라앉아서 영 쓸 기분이 안 나."

그럼에도 이처럼 글을 쓸 수 없는 날이 있을 것입니다. 여러분의 몸과 마음이 이미 고양 상태 또는 이완 상태에 들어가 있기 때문입니다.

애초에 썩 나쁘지 않았던 기분이 더 좋아지면 마음이 들떠 싱숭생숭해지고, 이미 이완된 상태에서 더 힘이 빠져버리면 '몸이 무겁다', '나른하다'고 느끼게 됩니다.

컨디션이 별로 좋지 않을 때는 기온이나 기압의 변화에 대응하는 인체 조절기능이 제대로 작동하지 않아 몸과 마음의 균형이 무너지는 경우가 종종 있습니다.

성격이 착실한 사람일수록 의욕이 나지 않는 것을 자기 탓으로 돌리기 쉽습니다. 그럴 때는 우선 바깥 날씨를 확인해 보십시오.

"어차피 몸이 근질근질해서 집중도 안 되는데, 날씨도 좋고 취재도 해야 하니 밖으로 나가볼까."

"날씨가 좋아질 때까지 밀린 집안일이나 잡일부터 해치워볼까."

이와 같이 상황에 맞게 대책을 세울 수 있을 것입니다.

체감 스트레스를 낮춘다

여기서 말하는 '체감 스트레스'란 방 안의 온도라든지 현재 입고 있는 옷, 혹은 작업할 때 듣는 음악 등 외부 조건에 따라 여러분의 몸이 현재 느끼는 스트레스를 뜻합니다.

지나치게 덥거나 추운 방에 있다, 허리가 꽉 끼는 바지나 까끌까끌한 스웨터 등 몸에 불편한 옷을 입고 있다, 사람 목소리나 음악 소리가 시끄러운 곳에 있다······.

이런 소소한 환경 요인들이 스트레스로 작용해 여러분의 집중력과 창의성 등 창작 활동에 필요한 에너지의 원천을 갉아 먹어버립니다.

추운 겨울, 발끝이 꽁꽁 얼어붙어 고통스런 지경인데도 꾹 참고 책상 앞에 앉아 있다거나, 카페 옆자리에 앉은 사람의 목소리가 시끄러워 견딜 수가 없는데도 "뭐 좀 써보려고 모처럼 마음먹고 왔는데…" 하고 오기가 나서라도 자리를 털고 일어나지 못 하는 경우도 있습니다.

저 역시 이런 경험이 몇 번 있었는데, 그럴 때 무리해서 써봤자 의욕도 집중력도 오래가지 못하고 좋은 글도 나오지 않습니다.

양말을 하나 더 겹쳐 신거나, 지체 없이 자리를 옮기면 쾌적한 환경을 어렵지 않게 확보할 수 있는데도 그렇게 하지 않는 건 어리석다고밖에 할 수 없습니다. 몸에 거슬리지 않도록 편한 옷을 입거나, 자기 방이라면 실내 온도를 적절히 조절해가면서 작업하기 좋은 환경을 적극적으로 만들어갑시다.

소음에 대한 대책으로는 장소를 이동할 수 없는 경우라면 요즘은 주변 소음을 없애거나 줄여주는 노이즈 캔슬링 기능이 탑재된 헤드폰이나 이어폰을 잘 활용해보는 것도 방법입니다.

무엇보다 중요한 것은 자신의 현재 몸 상태에 민감해지는 것임을 기억하십시오.

지금까지 글쓰기 강의를 통해 많은 분들과 만나오면서 느낀 점은 세상에는 자기 몸의 반응에 민감한 사람과 그렇지 않은 사람이 있다는 것입니다. 같은 강의실에서 강의를 듣더라도 어떤 사람은 자연스럽게 윗옷을 입었다 벗었다 하는데, 또 어떤 사람은 땀이 나도 벗으려고 하지 않고 추워서 팔을 문지르면서도 바로 옆에 걸쳐둔 윗옷을 입으려고 하지 않습니다.

그런 분들은 고통이나 불쾌감을 참는 것이 몸에 뱄거나 자기 자신을 통제할 수 있어야 글을 쓸 수 있다고 생각하는지도 모르겠습니다. 하지만 거기에 헛된 에너지를 쏟느라 창작 의욕이 떨어질 정도라면 한시라도 빨리 몸을 쾌적하게 만드는 편이 작업 효율을 높이는 데 훨씬 더 도움이 될 것입니다.

매너리즘에 빠진 뇌를 자극한다

재미있는 이야기가 떠오르지 않는 경우라면 대개가 다음 조건 중 하나 또는 여러 개에 해당될 거라 생각합니다.

A 재미있는 것을 접하지 못했다
B 새로운 것을 접하지 못했다
C 재미있는 것을 '재미있다'고 느낄 만한 컨디션이 아니다

어지간한 천재가 아니고서는 그 어떤 자극도 없는 상태에서 별안간 재미있는 아이디어를 떠올릴 수 없습니다.

무언가 새로운 아이디어를 얻고자 한다면 많은 경우 '계기'나 '마중물'이 필요합니다.

자기 취향에 맞는 작품을 만난 덕분에 창작 의욕에 불이 붙은 경험은 작가를 꿈꾸는 사람이라면 적어도 한 번쯤은 있을 것입니다. 그런 의미에서 자신이 좋아하는 작품을 읽는 일은 창작의 마중물로서 효과가 있습니다.

하지만 처음에는 깊은 재미와 감동을 느낀다 해도, 비슷비슷한 작품만 주야장천 읽고 있다면 얼마 안 가 뇌가 자극에 익숙해져 별다른 흥미를 못 느끼게 됩니다. 그렇게 되기 전에 자신의 취향에 맞는 새로운 작품을 읽고 매너리즘에 빠진 뇌를 깨워봅시다.

"내 취향에 맞는 작품을 좀처럼 찾을 수가 없어요."

만약 이렇게 말하는 분이라면 매번 특정 분야의 책들만 편식해서 읽는 건 아닌지 스스로 점검해보시길 바랍니다. 우리는 밥만 먹고 살 수는 없습니다. 빵도, 라면도, 이것저것 먹어야 합니다. 마찬가지로 때로는 다른 장르의 책을 읽어 봐야 합니다. 책뿐만이 아니라 영화를 보거나 스토리가 있는 게임을 해보는 것도 좋습니다. 이렇게 억지로라도 다른 분야에 도전하며 가능성을 점차 넓혀나가시기 바랍니다.

"이것저것 도전해봤는데, 무얼 봐도 별다른 감흥이 없어."

이렇게 말하는 분은 현재 자신의 컨디션에 문제가 있지는 않은지 살펴봐야 합니다.

몸 상태는 어떤가요? 잠은 충분히 자고 있나요?

특히 젊은 사람들 중에는 '밤새워 글을 쓴다'거나 '먹는 것도 잊고 글을 쓴다'는 걸 꽤 멋있게 생각하는 사람이 더러 있습니다. 하지만 잠이 부족하거나 몸이 안 좋을 때는 창작 의욕에도, 성과물의 질에도 명백히 나쁜 영향을 미칩니다.

그러니 건강을 위해 노력하고 주의를 기울여야 합니다. 몸이 건강해야 뇌도 제 기능을 다하고 반짝이는 아이디어도 떠올릴 수 있습니다.

좋은 문장을 필사한다

한동안 글을 안 쓰다 다시 쓰려면 감이 무뎌졌거나 평소의 페이스를 되찾기 힘든 경우가 흔히 있습니다. 본격적으로 쓰기에 앞서 몸풀기 수준에서 지금까지 써온 원고를 퇴고하는 사람도 적지 않습니다.

하지만 자신이 예전에 쓴 글을 오랜만에 다시 읽어보면 간혹 이런 경우도 있습니다.

- 예전에는 깨닫지 못했던 결점이 눈에 띄이다 보니 이어서 쓸 마음이 사라졌다.
- 그다음을 어떻게 쓸 생각이었는지 잊어버렸다.
- 글을 쓰기 시작했을 때의 흥분이 차갑게 식어 이제 어찌되든 상관없게 되었다.

이런 경우에는 자신이 좋아하는 작가가 쓴 글을 필사해보십시오. 본격적으로 글쓰기 작업에 들어가기 위한 도움닫기 역할을 해줄 것입니다. 메모장 같은 텍스트 편집기나 워드 프로세서에 입력해도 상관없습니다.

참고로 저는 〈두자춘〉*의 첫머리를 무척 좋아해서 종종 필사하고 있습니다.

어느 봄날 해 질 녘입니다.

당나라의 도읍인 낙양 서쪽 성문 아래에 한 젊은이가 하

---

* 일본 근대문학을 대표하는 작가 아쿠타가와 류노스케의 단편소설로, 두자춘이라는 한 젊은이가 거대한 부를 가져도 보고 잃어도 보면서 이상세계를 꿈꾸게 된다는 이야기.

늘을 바라보며 우두커니 서 있었습니다.

젊은이의 이름은 두자춘, 한때는 부잣집 아들이었지만, 지금은 재산을 모두 탕진하고 하루하루 먹고살기에 급급한 가련한 처지가 되어 있었지요.

아무튼 당시 낙양이라면 천하에 으뜸가는 번창한 도시였으니 해 질 녘인데도 길에는 사람과 수레가 쉼 없이 오가고 있었습니다. 성문을 온통 물들이고 있는, 꼭 기름 같은 노을 속으로 노인이 쓴 비단 모자니, 터키 여자의 금귀걸이니, 백마를 장식한 색실로 된 고삐가 끝없이 흘러가는 모습은 마침 한 폭의 그림 마냥 아름다웠습니다.

이것을 단지 그대로 베껴 쓰는 것이 아니라 스토리가 진행되는 부분과 정경을 묘사하는 부분을 구분해서 전체적인 균형을 살피거나, 주인공의 배경을 어느 정도 설명하고 어느정도 생략했는지를 따져보다 보면 서서히 뇌가 자극을 받아 '집필 상태'로 바뀌게 됩니다.

요령은 필사할 분량이 너무 많지 않아야 한다는 것입니다. 이것은 어디까지나 준비운동입니다. 선배 작가들의 작품 연구에 너무 열중했다가는 뇌를 '집필 상태'로 전환하려는 본래의 목적에서 벗어나고 맙니다.

모범으로 삼는 글은 꼭 고전이나 문호의 작품 속에서 찾을 필요는 없습니다. 라이트노벨이든 SF든 평소 좋아하는 작가의 작품에서 좋아하는 장면을 선별해 적정한 분량을 꾸준히 필사해보시기 바랍니다.

〈두자춘〉, 아쿠타와 류노스케 지음

'앞으로 5분'만 더 버틴다

진척이 안 되는 일이나 원고를 앞에 두고 한 시간이고 두 시간이고 계속 책상 앞에 눌러앉아 있는 것만큼 큰 고역이 우리 작가들에게 없습니다.

무심결에 시작한 인터넷 검색이나 SNS에서 한참을 헤어나오지 못하거나, 게임이나 독서로 도망치는 탓에 여전히 제자리걸음이다…….

여러분도 한 번쯤 해봤을 경험일 것입니다.

"마감이 코앞인데 원고에 손도 못 댔어."

"컴퓨터를 켜긴 켰는데 어느새 빈둥빈둥 놀게 된다니까."

그럴 때는 타이머를 이용해 긴장감을 높여봅시다.

핸드폰에 있는 타이머든 요리용 타이머든 상관없습니다.

저는 컴퓨터에 무료 타이머 애플리케이션을 설치해서 사용하고 있습니다.

집중력이 떨어진 느낌이 들 때는 일단 타이머를 5분에 맞춥니다.

"알람이 울릴 때까지는 무조건 쓰자!"

이렇게 정하고서 작업을 시작합니다. 규칙은 다음과 같습니다.

① 알림이 울릴 때까지 '글쓰기' 외에 다른 일은 하지 않는다.

타이머를 맞추기 전에 스마트폰, 게임기 등등 주의가 산만해질 만한 물건은 다른 곳에 치워두십시오. 메일, 메시지 도착 알람, 전화벨 소리 등도 무음으로 해두기를 권합니다.

② 단 한 글자, 단 한 문장만 써도 좋다.

문장이 완벽하지 않아도 좋습니다. 마음에 들지 않아도 상관없습니다. 어찌 되었건 눈에 보이는 형태로 아웃풋을 만들어주십시오. 모든 것이 거기에서 출발합니다.

③ 타이머는 울릴 때까지 보지 않는다.

일단 타이머를 켰다면 울릴 때까지 보지 않도록 합시다. 남은 시간에 신경을 쓰다 보면 글을 쓰는 데 집중하지 못

합니다(그런 의미에서도 타이머를 켠 뒤에는 화면에서 숨기거나 최소화할 수 있는 타이머 애플리케이션을 권합니다).

실제로 시간을 잘게 쪼개어 작업해보면 놀라운 집중력을 발휘하는 자신을 발견하게 될 것입니다. 타이머가 울릴 때 '조금만 더 해볼까' 하는 마음이 든다면 그보다 더 좋은 일은 없겠지요. 그러고서 다시 한번 5분에 맞춰두고 써봅시다.

'앞으로 5분', '앞으로 5분' 계속 이어가다 보면 상당한 분량을 쓸 수 있습니다.

요령은 타이머를 5분 이상으로는 설정하지 않는 것입니다. 3분으로는 짧고, 10분이라면 도중에 마음이 느슨해질 가능성이 있습니다. 5분마다 울리는 타이머 알람이 시끄럽게 느껴질 정도라면 그것은 여러분이 이미 집중하고 있다는 증거입니다. 그렇다면 타이머는 꺼두고 마음껏 써보시기 바랍니다.

물론 5분이 흘러도 '아무것도 쓰지 못했다', '도저히 집중이 안 된다' 하는 경우도 있을 것입니다. 그럴 때는 스스로를 너무 채근하지 말고 '오늘 내 몸 상태로는 5분간 집중하기도 힘들구나'라고 마음을 내려놓고, 컨디션이 저조해도 할 수 있는 좀 더 간단한 작업부터 하나씩 해나가봅시다.

'끝낸 일'을 가시화한다

스트레스나 여러 다른 이유로 마음이 약해진 상태에서는 '할 수 없다'를 확대해석하기 십상입니다.

"오늘도 아무것도 못 했어."

저 역시 무심코 이런 말을 툭 내뱉는 경우가 있는데, 한번 생각해봅시다.

여러분은 지금 적어도 '이 책을 펼쳐서 읽는' 정도의 일은 할 수 있었습니다. 더 말해보자면, '아침에 일어나기', '양치하기', '세수하기'와 같이 매일 반복되는 일을 되풀이해가며 살아갑니다. 이러한 수없이 많은 '할 수 있다'의 축적 위에 지금의 여러분이 있는 것입니다.

그런 사소한 일은 '할 수 있다'에 들어가지 않는다고요?

물론 그렇게 생각할 수 있습니다. 우리는 어째선지 기분이 가라앉아 있을 때일수록 유독 자기 자신에게 엄격해지는 경향이 있습니다.

하지만 '하지 못하는 자신'을 몰아세울수록 더욱더 힘이 빠지게 마련입니다. 그럴수록 어떻게든 의욕을 끌어올려야 합니다.

먼저 '오늘 할 일'과 '오늘 한 일'을 리스트로 만들어봅시다.

리스트를 만들 때는 수첩에 적든 컴퓨터 파일로 정리하든 상관없지만, 리스트에 써넣은 내용을 죽죽 두 줄로 긋거나 체크 표시를 할 수 있는 것을 사용하시기 바랍니다. 저는 'To Do List'라는 일정관리 애플리케이션과 전통적인 종이 수첩을 함께 사용하고 있습니다.

준비한 종이에 오늘 하고 싶은 일과 해야 할 일을 적습니다. 창작과 관련된 일은 물론이거니와 '○○씨에게 매일 보내기', '장보러 가기'와 같은 업무나 집안일을 써넣어도 좋습니다. 규칙은 다음과 같습니다.

① 사소한 일도 글로 적는다.

'건전지 교환하기', '책 정리하기' 등 금방 해치울 수 있는 일도 리스트에 넣어줍니다.

② 습관적으로 하는 일은 적지 않는다.

사소하고 자잘한 일까지 다 리스트에 적어 넣는 것이 기본입니다. 다만 일상적으로 하는 일, 이를테면 '양치하기', '샤워하기' 등 일상적인 생활 습관은 생략해도 좋습니다. 다만 "바빠서 한동안 샤워도 못 했잖아. 오늘은 무슨 일이 있어도 해야지!" 하는 경우라면 그것은 리스트에 적어주십시오.

③ 큰 작업은 잘게 나눈다.

'플롯 짜기', '보고서 제출하기'와 같은 일은 대개 여러 작업을 거친 결과물인 경우가 많습니다. 가령 '플롯 짜기'를 오늘 할 일 리스트에 넣었다고 합시다. 단숨에 끝낼 수 있는 경우라면 아무 문제가 없습니다. 그런데 '오늘은 시간이 없으니까, 귀찮으니까, 아이디어가 떠오르지 않으니까 내일로 미룰까……' 등등의 생각이 모락모락 피어오르는 경우라면 일을 좀 더 작은 단위로 쪼개줍니다. 가령 '설정 짜기', '참고자료 찾기', '아웃트라인 잡기', '첫 문장 쓰기' 등으로 나눠주면 마음의 진입장벽도 낮아지고, "오늘은 시간이 별로 없으니까 아웃트라인까지만 해두자", "한 문장 정도는 적어보자"는 식으로 확실하게 전진할 수 있습니다.

④ 시간이 오래 걸리는 작업은 일별로 나눈다.

하루 만에는 도저히 마무리할 수 없는 일이거나, 작업하는 도중에 시간이 부족해진 경우라면 내일로 미룹니다. 예를 들어, '설정 짜기'의 시대 설정까지 마친 상황에서 다른 급한 일이 생겨 마저 끝낼 수가 없는 상황이라면 '설정: 주인공 설정하기'와 같이 이어서 해야 할 일을 내일 할 일 리스트에 적어줍니다.

⑤ 끝낸 일은 그때그때 두 줄로 긋거나 체크 표시를 한다.

끝낸 일이라고 해도 다 지워버려서는 안 됩니다. 일을 마친 뒤에도 무엇을 했는지 이력을 남겨두면 "오늘은 이만큼 했구나" 하고 눈에 보이는 형태로 점검할 수 있고, 리스트에서 하나씩 지워나갈 때마다 성취감을 맛볼 수 있습니다.

성과를 기록해서 남기고 싶을 때는 그날그날 쓰고 버리는 메모지보다 노트 사용을 권합니다. 다만 할 일 리스트용 노트를 따로 준비하거나 가지고 다니기가 번거로운 사람은 메모지나 메모 애플리케이션 등으로 부담 없이 시작해보시기 바랍니다.

손가락 하나 까딱하기 싫고 뭔가 할 엄두도 나지 않을 때는, 그게 무엇이든 딱 한 가지만이라도 반드시 해낼 수 있는 일을 선택해 끝내보시기 바랍니다. "오늘도 아무것도 못 했어"를 "오늘은 이것과 저것을 해냈어"로 관점을 전환함으로써 의욕을 끌어올릴 수 있습니다.

중요한 것은 조금씩이라도 앞으로 나아가는 것

글이 잘 안 써져서 막막해하는 분들의 이야기를 들어보면,

순조롭게 잘 써나가는 사람들의 작업 효율이나 컨디션을 턱없이 높이 평가하는 경우가 있습니다.

'베스트셀러 작가라면 밤낮없이 뭔가에 홀린 듯 막힘없이 써내려가겠지' 하고 오해하는 분들도 꽤 있을 겁니다. 혹은 잘 팔리지 않아도 꾸준히 책을 내는 다작 작가라도 이렇게 써나갈 것이라고 막연하게 생각하지 않나요?

[1일째] 5쪽 분량 진행 ⇨ [2일째] 5쪽 분량 진행 ⇨ [3일째] 4쪽 분량 진행 ⇨ [4일째] 10쪽 분량 진행

하지만 실제로는 프로 작가라고 해도 고민은 크게 다르지 않습니다.

[1일째] 다섯 문장밖에 못 썼다 ⇨ [2일째] 전혀 진척이 없었다 ⇨ [3일째] 계속 고민만 했다 ⇨ [4일째] 억지로 서너 문장은 써봤다 ⇨ [5일째] 어제까지 쓴 글을 다 지웠다

이런 일은 종종 일어납니다.

여기서 '대체 왜 이렇게 글이 안 써질까?', '역시 난 글쓰기에 재능이 없나봐' 하고 부정적인 방향으로 생각을 몰고 가

느냐, '아무래도 오늘은 컨디션이 안 좋은가봐' 하고 자각하느냐에 따라 다음 단계는 확연한 차이를 보입니다. 지금 부정적인 생각에 빠져 있는 분이 있다면 부디 긍정적인 방향으로 사고의 흐름을 바꿔보십시오.

도중에 정체되는 시기가 있어도 어떻게든 원고를 완성한 경우라면 이런 단계를 거쳤으리라고 충분히 짐작합니다.

[1일째] 일단 썼다 ⇨ [2일째] 의욕이 없어서 퇴고만 했다 ⇨ [3일째] 억지로라도 조금 썼다 ⇨ [4일째] 의뢰받은 다른 일 때문에 쓰지 못했다 ⇨ [5일째] 원고 재개. 고작 한 줄 썼다 ⇨ [6일째] 좌우지간 쓰긴 썼다 ⇨ [7일째] 억지로라도 조금 썼다 ⇨ [8일째] 억지로, 억지로 조금 썼다

중요한 것은 조금씩이라도 앞으로 나아가는 것입니다. 물론 스스로 만족할 만한 글을 쓰는 게 중요합니다. 그렇지만 만족하지 못 한다 해서 모조리 깨끗이 지우고 원점으로 돌아가기를 반복해서는 경험을 쌓을 수 없습니다.

아무리 의욕이 넘쳐도 정체기는 반드시 찾아오기 마련이며, 언제나 완벽한 결과물을 만들어내기란 불가능합니다. 하지만 어제 쓴 글에 이어서 한 글자라도 더 쓰는 것은 가능합

니다.

자기 힘으로는 어떻게 할 수 없는 일은 일찌감치 포기하고 할 수 있는 일부터 시작해보시기 바랍니다.

자기 자신에게 선물을 주는 방법

먼저 말해두겠는데, "이야기를 만드는 것이 너무 좋다", "글쓰기가 놀이이자 일이자 취미다" 하는 분들은 이 부분은 그냥 넘어가도 좋습니다. 지금 이야기할 내용은 다음과 같은 분들을 위한 대책입니다.

"예전에는 글을 쓴다는 게 마냥 좋았는데 지금은 지겨워. 마치 의무처럼 느껴져."
"좋아서 시작한 일인데, 지금은 컴퓨터 앞에 앉기만 해도 괴롭고 우울해."
"원래 쓰고 싶었던 글은 아니지만, 마감이 닥쳤으니 억지로라도 쓸 수밖에."

스스로 의욕을 북돋기 위해, 또는 무언가를 지속하기 위해

자기 자신에게 줄 선물을 준비한 경험, 누구나 한 번쯤은 있지 않을까요?

'XX(목표)를 달성하면 ○○(보상)을 준다.' 이를테면, 원래 계획대로 세 시간 실천하면 맛있는 과자를 먹는다, 7일간 실천하면 보고 싶은 영화를 본다, 2주간 실천하면 여행을 간다는 식으로 말이지요.

저 역시 이런 방식을 시도해봤던 때가 있었습니다. 솔직히 말하자면, 성공한 적은 거의 없습니다.

저 자신을 위한 선물을 준비한 순간 그 선물이 그다지 매력적으로 느껴지지 않았고, 때로는 나를 위한 선물이란 자체가 무의미하게 여겨졌습니다. 그리고 선물이 아닌 다른 방법을 통해 재충전했기 때문에 애초 기대하던 '눈앞에 매달린 당근 효과'의 덕은 보지 못했습니다.

좋아하는 일이라면 얼마든지 집중해 할 수 있지만, 내키지 않는 일을 할 때는 쉽게 주의가 산만해집니다. 이것은 인간이라면 누구나 예외 없이 해당되는 이야기가 아닐까요?

그렇게 오랫동안 생각해왔지만, 어느 날 문득 깨달았습니다.

죽도록 하기 싫은 일도 엄청난 기세로 해치울 수 있는 순간이 있다는 것을요.

그것은…….

일을 끝낸 직후 외출 계획이 잡혀있을 때였습니다.

그런 날은 거의 예외 없이 외출하기 전까지 한정된 시간 내에 최대의 효율을 발휘해서 일을 마무리할 수 있었습니다.

그 사실을 깨달은 뒤로는 일이 잔뜩 쌓여 있어도 외부 약속이나 일정은 취소하지 않기로 하고 있습니다.

그전까지는 친구가 잠깐 바람이나 쐬자고 불러내도 마감이 닥쳤을 때는 거절했습니다.

그렇게 시간을 쥐어짜며 원고를 썼지만, 얼마간 시간이 지나고 나서 곰곰이 따져보면 당시의 작업 효율이 높았다고 결코 말할 수 없었습니다.

'사실은 나가고 싶었는데…….'

뭔가를 포기하면서까지 이러고 있다는 답답한 마음에 일도 손에 안 잡혔습니다.

'지금쯤 친구들은 뭘 하며 놀고 있을까?'

현재의 내 모습이 답답해서였을까요? 괜히 마음만 침울해져서 도저히 눈앞의 작업에 집중할 수가 없었습니다.

모처럼 즐겁게 보낼 수 있었던 시간을 포기하면서 만든 시간인데 결국 작업에는 진척이 없었고, '이럴 바에는 나갈 걸

그랬어' 하고 후회할 때도 있었습니다.

놀고 싶을 때는 마음껏 노는 편이 도리어 효율을 높이는 경우가 있습니다.

일단 나가기로 결정하고 나면, 그야말로 눈앞에 당근이 매달려 있는 것이나 마찬가지이므로 하기 싫은 일이라도 기를 쓰고 달려들어 끝낼 수 있습니다. 설령 끝내지 못했다 해도 좋아하는 일을 하며 알게 모르게 쌓인 피로와 스트레스를 밖에서 한껏 풀 수 있으므로, 다음날은 "자, 해볼까" 하고 팔을 걷어붙이며 적극적인 마음으로 시작할 수 있습니다.

"안 그래도 시간에 쫓겨 종종걸음을 치는데 일을 더 만들다니 말도 안 돼요."

이렇게 말하는 분은 일단 딱 한 번이라도 좋으니 자신이 하고 싶은 일을 우선시해보십시오. 생각보다 어렵지 않게 시간을 잘 배분할 수 있어서 하고 싶은 일도, 해야 하는 일도 모두 다 할 수 있을지 모릅니다.

"하고 싶었던 일을 하는 것 역시 자기 자신에게 선물을 주는 일에 포함되지 않나요?"

그렇습니다. 다만 선물을 주는 방식이 다릅니다.

이 부분이 상당히 중요하므로 헷갈리지 마셨으면 합니다.

'XX를 달성하면 ○○을 준다'는 방식에서는 먼저 설정한

XX(목표)를 달성하지 못하면 선물은 손에 넣을 수 없습니다.

반면에 '○월 ○일 ○시에 집을 나서서 어딘가로 간다/누군가를 만난다'의 경우는 선물이 될 스케줄을 먼저 정하고, 일을 끝냈든 그렇지 않든 반드시 실행하는 것입니다.

또 한 가지 중요한 점은 외출 일정 자체를 선물로 삼는 것입니다. '게임하기', 'DVD로 영화 보기' 등 밖으로 나가지 않고 집 안에서 할 수 있는 일이라면, 설령 미리 스케줄을 짜두었다 해도 결국 얼렁뚱땅 넘어가는 경우가 태반입니다.

외출 일정의 내용은 무엇보다 자신이 즐거워야 하는 것이 우선이지만, 가령 '집안 제사 참석', '집 근처 슈퍼마켓에 장보러 가기' 등 꼭 즐거움을 주는 일이 아니더라도 외출 직전에는 집중력이 높아집니다.

해야 할 일은 나중으로 미루더라도 결국은 하게 되기 마련이므로, 일단은 자신이 하고 싶은 일을 먼저 해보시기 바랍니다.

그것이 진짜 '하고 싶은 일'일까?

앞에서 '해야 할 일'보다 '하고 싶은 일'을 우선순위에 둘 것을 권했습니다. 여기서 주의해야 할 점은 그것이 진짜 '하고 싶은 일'인지 아닌지를 가려내는 것입니다.

일이 손에 잡히지 않아서, 생각만큼 진척이 되지 않아서 계속 컴퓨터 앞에 앉아 멍하니 SNS를 훑어본다.

이런 일은 도피에 불과할 뿐 여러분이 정말 '하고 싶은 일'은 아닐 것입니다.

만약 그것이 여러분이 진짜 '하고 싶은 일'이라면, 설령 그 일을 하느라 한나절을 보냈더라도 '아, 오늘도 시간을 낭비하고 말았다'라고는 결코 생각하지 않을 것입니다.

뜻대로 일이 잘 안 풀리고 스트레스가 쌓일 때, 우리는 자칫 쉽게 손에 쥘 수 있는 눈앞의 즐거움으로 도망치기 십상입니다.

그럼 어차피 기분전환 삼아 해볼 작정이라면 여러분이 진심으로 몰두할 수 있는, 즐길 수 있는 일을 선택하십시오.

글을 쓰다가 막힐 때, 평소 습관대로 인스타그램이나 트위터, 페이스북을 열어보고 싶어질 때는 부디 꼭 한 번 스스로에게 물어보시기 바랍니다.

이것이 지금 내가 진심으로 하고 싶은 일이냐고요.

에필로그

지금까지 이야기를 다양하게 변주하여 새로운 이야기로 재창조하는 방법에 대해 여러 각도에서 살펴보았습니다.

"글을 쓰고 싶은데 왜 쓰지 못할까?"라는 말은 바꿔 말하면 자신이 무엇을 쓰고 싶은지, 어떻게 쓰고 싶은지 '파악하지 못 한' 상태이거나 '어떻게 시작해야 할지 모르는' 상태입니다.

그런 경우 컴퓨터 앞에, 책상 앞에 앉아 있는들 좋은 아이디어가 떠오를 리 없습니다. 만약 이런 상황에 여러분이 쓰고 싶은 '바로 그것'은 아니더라도 '비슷한 무언가'가 있다면 어떨까요?

"아니, 이 부분은 내 취향에 안 맞아"라든가 "여기는 좀 더 이렇게 바꾸는 게 좋겠어" 하는 식으로 '하고 싶은 것'이 머릿속에 속속 떠오르게 될 것입니다.

이 책에서 소개한 예시 작품들, 즉 《모모타로》를 다양한 형태로 변주한 작품들을 보면서 어떤 생각이 드셨나요? "나라면 여기는 이렇게 바꿨을 텐데"라든가 "이런 전개는 납득이 안 가" 등등 여러 가지 생각과 아이디어를 떠올린 분들도 있을 겁니다. 바로 그 생각과 아이디어가 여러분이 '쓰고 싶은 것'의 힌트입니다. 우선 여러분 자신이 읽어보았을 때 더 재미있게 느껴질 수 있도록, 이 책에서 소개한 기술을 구사해 이야기에 다양한 변화를 주는 연습을 해보십시오.

마지막으로 이 시리즈 전편의 편집을 맡아주신 모리타 구미코 씨, 매번 멋진 표지를 디자인해주신 나카지마 아야노 씨, 그리고 이 책을 읽어주신 모든 독자 여러분께 진심으로 감사의 마음을 전합니다.

옮긴이 송경원

물리학과를 졸업하고 교육대학원에서 일어교육을 전공했다. 재미가 일이 되고 일이 재미가 되는 삶을 꿈꾸며, 재미있고 의미 있는 작품을 기획, 검토 및 소개하는 일에 힘쓰고 있다. 현재 소통인(人)공감 에이전시에서도 번역가로 활동 중이다. 《대중을 사로잡는 장르별 플롯》,《후회병동》,《누구나 혼자인 시대의 죽음》,《고양이형 인간의 시대》,《100세까지의 독서술》,《왜 케이스 스터디인가》 등을 옮겼다.

같은 소재도 전혀 다른 이야기가 되는 글쓰기 매뉴얼

초판 1쇄 인쇄 2022년 4월 25일
초판 1쇄 발행 2022년 4월 30일

지은이 마루야마 무쿠
옮긴이 송경원
펴낸이 최정이

펴낸곳 지금이책
주소 경기도 고양시 일산서구 킨텍스로 410
전화 070-8229-3755
팩스 0303-3130-3753
이메일 now_book@naver.com
블로그 blog.naver.com/now_book
인스타그램 nowbooks_pub
등록 제2015-000174호

ISBN 979-11-88554-58-4(03800)